배우 권병길

*빛을 따라간 소년

배우 권병길
빛을 따라간 소년

이지출판

창조적 고백과 증언

배우 권병길은 극단 자유(自由) 동인으로 50여 년 연기 생활을 해 왔다. 20대 초반에서 70대에 이르는 긴 세월을 연기자로서 창조의 길을 걸어온 셈이다. 쉬운 일이 아니다.

그는 평범한 연기자가 아니다. 좀 튀는 배우라고 할 수 있다. 그러나 튀는 연기자라고 해서 다른 연기자들과 이탈되는 것이 아니라 튀면서 어울리고 조화를 이루는 배우라고 할 수 있다. 튄다는 것은 창조적 에너지가 넘친다는 뜻으로 받아들일 수 있다.

그가 이번에 《배우 권병길, 빛을 따라간 소년》이라는 자전적 책을 낸다고 한다. 기대가 크다.

20세기에서 21세기에 걸친 격동의 시기에 연극배우라는 어려운 예술작업을 해 온 한 연기자의 꿈과 좌절 그리고 창조적 기쁨에 대한 증언, 한 극단의 집단 창조에 참여해 온 경험과 연극계 전반에 걸친 생생한 이야기를 들을 수 있으리라 생각한다.

70대에 접어든 권병길은 이제 연기자로서 성숙기를 맞고 있다. 예술가의 성숙기란 에너지의 쇠퇴를 가져올 수 있다. 그러나 그는 오히려 왕성한 창조적 에너지가 넘쳐흐르고 있다. 그의 창조적 고백과 증언에 기대와 성원을 보낸다.

김정옥_ 대한민국예술원 회원·연극연출가

한 원로 연극인의 내면 고백

우리나라 근대 공연예술사가 120여 년의 역사를 갖는 동안 수많은 스타들이 명멸했지만, 어느 배우 한 사람도 자신이 걸어온 연극의 행로를 소상하게 기록해 놓은 경우는 아직 없다. 그런 면에서 이번에 중진 배우 권병길 씨가 상재한 《배우 권병길, 빛을 따라간 소년》은 희귀하면서도 소중한 공연사의 자료가 되리라 본다.

권병길 씨는 평생 무대와 스크린에 큰 족적을 남겼음에도 불구하고 그의 이름을 모르는 이가 적잖다. 그럴 수밖에 없는 것이 그는 세칭 스타가 아니기 때문이다. 그도 분명히 밤하늘의 별인 것만은 분명한데, 초저녁에 잘 보이는 화성이나 금성처럼 잘 보이지 않는 은하수 속의 작은 별이어서 그렇다.

그는 평생 수백 편의 연극과 영화에서 자기 역을 충실히 맡아 했지만 주역으로서 작품을 끌고 간 것이 아니고 뒤에서 뒷받침

해 주거나 밀어 주는 조역을 주로 했기에 여간 주의 깊게 보지 않은 사람들에게는 잘 보이지 않는 배우다.

실생활 면에서도 어떤 모임에서건 그는 항상 앞자리보다는 뒷자리에 서 있거나 앉아 있어 유심히 보지 않으면 없는 것으로 지나치게 된다. 그만큼 그는 성격적으로도 소심(?)하고 겸손하며 소극적이다. 이처럼 그가 주역 배우도 아니고 또 성격적으로도 활달하게 나서지 않는 스타일이어서 주위 사람들로부터 특별한 관심의 대상이 못 되고 매스컴의 조명도 제대로 받지 못한 작은 별, 보일락 말락 하는 은하의 작은 별이 된 것이다.

그런데 대체로 잘 나서지도 않고 스타성이 부족한 이런 사람들의 공통점은 생각이 깊은 경우가 적잖다는 것이다. 권병길 씨야말로 그런 대표적인 배우가 아닐까 싶다. 결론부터 말한다면 그는 사색형 배우이며 예술지상주의자가 아니라는 점을 이번 책이 여러 측면에서 보여 주고 있다고 하겠다.

그러니까 그는 연극배우이기 이전에 깨어 있는 이 땅의 한 지식인으로서 그동안 겪어 온 이야기를 진솔하게 서술하다 보니 자연스럽게 굴곡진 현대사의 측면이 고스란히 드러나게 된 것이다.

또한 그가 충남 청양이 고향이다 보니 자연스럽게 동향으로서 20세기 최고의 배우 황철을 추억하게 되고, 이것은 다시 이데올로기와 분단 문제로까지 거슬러 올라가게 되었으며, 이는 우리 시대의 실존적 문제까지를 사유케 된 것이 아닌가 싶다. 특히 그가 우리의 파란만장한 현대사를 천착하면서 예술지상주의자가 될 수 없는 배경이 드러난다고 보는 것이다.

한편 그는 유년 시절에 우연히 영화를 접한 것이 인연이 되어 평생 그것을 끌어안고 살아온 이야기를 하면서 맺은 다양한 인물들과의 애환을 흥미롭게 서술한 것도 돋보인다. 따라서 나는 우리 현대사의 한 측면과 공연예술사가 뒤엉켜 있는 이 책이야말로 독자의 시선을 사로잡을 가능성이 농후하여 자신 있게 추천하고자 한다.

유민영_ 연극평론가·명지대 명예교수

권병길 선생 책 출간을 축하하며

필자는 고등학생 시절 짧은 단막극에 출연하면서 연극의 묘미에 빠져 혜화동의 여러 극장을 자주 찾았던 적이 있다. 그때 인상에 남았던 분이 권병길 선생이다. 그런데 이후 30년이 흘러 미국에 있다가 향린교회 담임목사로 부임하고 보니 이분이 전임 고 홍근수 목사님의 민족통일의 열정에 반해 이미 교회에 적을 두고 계셨다. 그 후 20년 가까이 때로는 목사와 교인으로, 때로는 통일의 동지로, 그리고 연극을 사랑하는 사람으로 관계를 맺어 오고 있다.

가끔 페북에서 연극계의 숨겨진 얘기와 함께 인생 역정의 글을 읽으면서 책으로 냈으면 좋겠다는 생각을 하던 차에 책을 낸다고 하여 기쁜 마음으로 축하의 글을 쓴다.

내가 접한 예술인의 숫자가 너무 적어서 서로 비교할 수는 없지만, 민족통일운동에 매진해 오면서 예술인을 만나는 경우는 거의 없다. 그런 점에서 권병길 선생은 매우 특이한 분이다. 사실 어떤 의미에서 목사들도 그러하지만, 특히 대중의 인기에 의존해야 하는 예술인들이 사회 이슈에 대해 진보 입장을 취하기는 쉽지 않다. 정치인이라 하더라도 젊어서 사회 변혁의 꿈을 꾸며 진보의 길에 선 사람은 많지만, 평생 이 길에서 흔들리지 않고 걸어가는 사람은 그리 많지 않다. 그런 점에서 권병길 선생은 연극인으로서뿐만 아니라 인생에 있어서도 매우 존경받을 만한 분이다.

요즘은 돈이 모든 것을 좌우하는 돈(money+mad) 사회가 되고 말았다. 조물주 위에 '건물주'라는 웃지 못할 말과 '영끌'이라는 단어가 유행하고 있다. 나는 목사 이전에 한 인간으로서 이 땅의 미래를 짊어지고 갈 젊은이들이 너무 일찍부터 개인의 물질 욕망에 빠지는 것을 매우 안타까워하고 있다. '젊음'의 특성이 무엇인가? 자신의 안일을 넘어 사회 변혁에 대한 꿈과 열정을 품어야 한다고 본다. 그런 의미에서 이 책이 많은 젊은이들에게 널리 읽혔으면 좋겠다.

조헌정_ 향린교회 은퇴목사

나는 배우로 평생을 살아왔습니다. 그 세월의 흔적만큼 소중한 추억들이 쌓여 있고, 진실로 행복했습니다. 연극의 공동체 정신은 세상살이를 축소해 놓은 것과 같으니 사회의 등불이 되기에 충분했고, 그 속에서 50여 년을 지나고 보니 어느덧 황혼에 선 피에로가 되었습니다.

배우의 길을 걷기 시작할 때 실낱같은 한 줄기 빛이 쏟아지고 있었습니다. 그 빛은 극장으로 이어졌고, 그곳에는 또 하나의 빛이 찬란하게 비추고 있었습니다. 그 빛 속에서 광대들이 춤을 추고 노래하고 무언가 절규하고 있었습니다. 나는 이내 그 속으로 빠져들었고, 상상의 나래를 펼치게 되었지요. 그 빛 속의 황홀함은 정신을 잃게 만들었습니다.

그런데 언제부턴가 보름달 속의 계수나무와 토끼가 보이지 않는 이상한 일이 일어났습니다. 그 달 속에 사람을 올려놓는 순간 상상의 세계가 무너지는 괴이한 일이 벌어졌습니다. 그것은 과학이라는 도깨비의 장난이었고, 그것들이 만들어 낸 공해는 별빛마저 가려 버렸습니다.

모든 빛의 세계에 어둠이 드리워지는 것이 두렵습니다. 물질의 공해가 영혼을 지배하고 있는 것이 아닐까, 아니 영혼의 빛을 가리는 것이 아닐까, 이런 의문으로 눈을 부릅뜨게 됩니다. 물질이 지배하는 영혼, 그것은 순수함까지 점점 희미해지게 할 것이니 그 앞에 선 존재들은 초라해지고 왜소해져 빛을 잃어 가고 있었습니다.

　진실의 빛이 가리어지는 세상, 유년 시절 빛을 따라온 소년은 지나온 얘기를 간직하고자 합니다. 그리고 무엇인가 잃어버린 빛의 방향을 찾기 위해 방황하고 있습니다. 진정한 빛, 물질에 가려진 순수의 빛, 영혼이 살아 있던 그 빛은 인간이 본래 지니고 있는 불변의 빛이기에 그 빛을 쫓아 동행하고자 합니다.
　빛을 가리는 공해와 물질은 순수한 영혼을 가진 광대들을 혼란스럽게 하고 있습니다. 그래서 무엇인가 저항의 몸짓을 하고 있는 것이 아닌가 하는 마음입니다. 오늘까지 배우로 성장시켜 주신 김정옥 선생님, 연극의 역사와 인물사를 남기시는 유민영 선생님, 평화의 사도 조헌정 목사님, 같은 무대에서 수십 년을 함께해 온 배우 오영수 형의 격려의 글에 진심으로 감사드립니다.

2022년 2월
권병길

2부 권병길이 저승풀이다

3부 연극의 길에 들어선 지 50년

4부 그해 거리에서 '연극 인생'을 살다

5부 나의 영화 이야기

1부

썩은 나무에 꽃이 피어나듯

_ 나팔 소리 들린다

'충청도 알프스'라고 일컫는 칠갑산 자락에 '청양'이란 곳이 있다. 일찍이 기독교가 들어오고 천년 고찰 장곡사가 자리하여 선각자들의 구국의 일념이 숨쉬고 있는 곳이기도 하다.

여기서 나의 큰형님이 문화원장과 극장장을 겸하고 있을 때 악극단을 초대하고 영화를 들여오곤 했다. 무성 영화에서 유성 영화로 바뀌던 시절이었으니 아주 옛날 얘기지만 바로 엊그제 같이 기억이 새록새록 떠오른다. 그 극장과의 인연이 내 배우의 길의 출발선이 되었다는 생각이 든다.

고추와 구기자가 유명한 청양 읍내엔 길게 개천이 흐르고 그 위 둑방 오른쪽엔 넓은 공마당이 있었다. 석양이 물들 무렵 둑방에서 나팔 소리가 바람을 타고 들려왔다. 그것은 오늘 밤 공연을 알리는 소리였다. 나는 악극이나 영화나 서커스를 기어이 봐야만 했다. 적막한 시골에 신문화를 알리는 소리는 나의 예능적 정서를 자극했다.

날이 어두어지면 넓은 공터에 사람들이 삼삼오오 모여 웅성 댔다. 동네 아가씨들은 수줍은 듯 얼굴을 가리고, 극장 앞에는 전등을 밝히는 발전기 소리가 요란했다. 여름엔 모기들이 입장 객을 호위하듯 모여들었다.

공연 시간이 다가오면 악사들은 극장 안으로 들어갔다. 그러 면 내 가슴은 더욱 콩닥콩닥 뛰기 시작했다. 나팔 소리가 극장 안에서 들려오면 나는 발을 동동거렸다. 서커스는 잡히더라도 포장을 뚫고 들어가지만 극장 출입구는 단 하나뿐이었다.

극장에 들어서면 재빨리 앞으로 달려가 악단 뒤에 앉아서 연 극과 버라이어티 쇼를 보았다. 50년대 구닥다리 소도시는 서양 문화가 속속 들어와 분위기가 빠르게 변하고 있었다. 지금 배우 윤문식, 최주봉, 박인환 씨의 악극 연기는 그때 내가 본 그 모 습을 재연하는 것이다. 음악에 맞춰 무용수들이 흔들어대는 선 정적인 몸짓, 그리고 가수들이 분장을 하고 멋지게 유행가를 뽑 아 대면 극장 분위기는 한껏 달아올랐다.

악극의 1부는 연극이다. 연극은 나를 사로잡았다. 1막이 끝 나면 무대를 전환하는 망치 소리가 크게 울리고, 조명이 들어오 면 징소리와 함께 다시 조명이 바뀌고 연극이 시작됐다. 콧날 을 세우고 짙은 화장을 한 배우들은 약간 과장된 목소리로 대사 를 하다가 클라이맥스에 다다르면 구슬픈 노래로 감정을 더욱 북돋웠다. 그때 여기저기서 훌쩍거리는 소리가 들렸다.

이렇게 사나흘에 한 번 프로그램이 바뀌는 것은 영화다. 대부분 흑백 영화이고 어떤 필름은 비가 내리듯 하다가 뚝 끊어지기도 했다. 그러면 입장료를 돌려 달라는 야유 소리가 터져 나오고, 상태가 아주 안 좋은 영화는 변사가 대신 구슬프게 일인다역을 하면서 감정을 고조시키기도 했다.

그때 본 영화 중에 지금 생각하면 희귀 작품들이 많다. 신상옥 감독의 초기 영화이자 최은희의 남장 영화 〈젊은 그들〉, 김기영 감독의 〈양산도〉, 권영순 감독의 〈옥단춘〉, 〈처녀별〉, 〈망나니 비사〉, 〈홍길동전〉, 〈장화홍련전〉, 이규환 감독에 이민, 조미령 주연의 〈춘향전〉, 장동휘 주연의 〈아리랑〉, 〈봉이 김선달〉, 엄앵란의 데뷔작 〈단종애사〉, 〈뚱뚱이와 홀쭉이 논산 훈련소에 가다〉, 〈오부자〉, 〈며느리 설움〉, 〈쌍무지개 뜨는 언덕〉 등 영화를 보는 날은 어린 마음이지만 행복했던 기억이 떠오른다.

_ 도시로 온 소년

막 사춘기에 접어들어 이성에 눈을 뜨던 때일 것이다. 시골에서 온 소년의 눈에 비친 도시 풍경은 호기심 가득한 이야기를 안고 있었다.

어느 날 청계천에 있는 극장에서 〈카츄샤〉란 영화를 보았다. 흑백 필름에 송민도의 노래가 흐르면서 어린 핏덩이를 안고 함박눈을 맞으며 꿈에도 그리던 도련님이 오셨다는 소문을 듣고 급히 발길을 옮기던 주인공 김지미 씨가 생각난다.

대한극장에서 윌리엄 와일러의 〈애정〉을 상영할 때는 어머니의 주머니에서 살짝 돈을 꺼내 극장으로 달려갔다. 그리고 밀물처럼 쏟아져 들어온 〈벤허〉, 〈자이언트〉, 〈남태평양〉, 〈하이눈〉, 〈노틀담의 곱추〉, 〈닥터 지바고〉, 명동극장에서 〈마담X〉 등을 보려고 도시를 헤매곤 했다.

우리 영화도 홍성기, 신상옥 감독을 필두로 멜로물이 쏟아져

나왔는데, 그 시대는 눈물샘을 자극해서 대중의 마음을 달래던 시절이다. 결코 신파라거나 눈물 짜는 영화라고 과소 평가해서는 안 된다. 나름 시대를 대변하는 내용이었고, 그로 인해 극장가는 인산인해를 이루었다. 돌아보면 사람들은 대부분 인정이 있었고 사는 도리도 알고, 그러한 분위기를 영화가 선도했던 것이다.

영화를 보는 재미는 단순히 흥미만은 아니다. 영화는 그 시대 문화의 중심이었고, 사람이 왜 사느냐를 가르치는 교육장이었다. 말하자면 딱딱한 가르침이 아니고 재미있고 작가적 양심과 당위성은 정곡을 찌르는 산 교육장이었다. 배우들은 멋진 연기로 팬들을 확보했으며, 낭만적이고 클래식한 영화는 관객의 수준을 높였다.

우리 영화가 청춘들의 사랑을 받는 동시에 허리우드에서 물밀 듯 들어오는 영화는 장안을 떠들썩하게 인기를 끌었다. 배우는 미남 미녀뿐 아니라 개성이 강한 성격 배우들의 진지한 연기로 대중의 감성에 와 닿았다.

도시는 나름 문화 시대로 꿈틀대고 있었다. 쎄시봉엔 음악을 즐기는 청춘들의 열기가 넘쳐났고, 서민의 애환을 담은 영화는 그 시대의 진실을 담아냈다. 사랑해서 만나고 끝내 이룰 수 없는 상처를 다룬 영화는 전쟁 후의 아픔과 함께 애처롭게 다가왔다. 특별히 지금 와서 간과할 수 없는 내용은 당시에도 계층의 차별이 있었고, 그 차별의 아픔을 넘는 '사랑은 곧 묘약'임을 멋지게 표현해 냈다.

어쩌면 영화의 전성기는 도시 소년이 된 나와의 운명적 만남이었다. 지나고 보니 순수했던 마음이 그대로 살아 추억이 되었다. 그 시대 문화의 분위기를 간직하고 있는 건 또 하나의 행운이다. 그러나 지금은 돈이 문화를 지배하는 세상으로 변질되어 가고 있어 안타까울 뿐이다.

_ 신문을 팔면서

나는 초등학교 5학년 때 시골에서 막 올라와 종로 청진동에 있는 작은 미션스쿨에 다니게 되었다. 모든 것이 낯설고 신기했고 호기심도 많던 시절이었다. 그때 용돈이 궁하기도 하고, 방과 후에 너무 심심해서 이런 생각을 하게 되었다. 마침 학교 가까이 동아일보사가 있으니 신문을 팔아서 용돈을 벌어 보자고.

신문사 앞엔 나와 같은 생각인지, 나보다 더한 생활고 때문인지 고만고만한 친구들이 웅성거렸다. 시간이 되어 인쇄 냄새를 풍기며 따끈따끈한 신문이 나오자 선금을 주면서 신문을 달라고 아우성이었다. 나도 재빨리 돈을 주고 신문을 스무 장 옆구리에 끼고 종로통을 향해 소리치며 달려갔다.

신문이 팔리는 곳은 다방이었다. 양복 입은 신사들이 무료하게 신문을 기다리는 시간은 뉴스에 목말라하던 시대였기에 꽤 반가웠을 것이다. 재수가 좋은 날은 다방에서 여러 장이 팔린다.

마치 배가 고픈데 기다리던 식사를 보고 반기듯 "어이, 여기 신문!" 한다. 종로3가쯤 가면 신문은 다 팔린다. 그날은 기분이 날아갈 것 같다. 하지만 한발 늦으면 앞서간 친구들이 팔고 난 후여서 김이 빠진다.

지금도 생각나는 다방은 무교동의 양지다방, 광화문의 금난다방, 종로의 갈릴리다방, YMCA다방, 종로3가의 동궁다방, 쌍마다방, 백궁다방, 종로5가의 공작다방 등이다. 유행가 가락이 은은히 흐르고 한복을 곱게 입은 마담이 미소를 지으며 손님을 받던 시절이었다.

4·19 전후해서 신문은 날개를 달고 팔리던 유일한 소식 전달 매체였다. 신문의 전성시대라 할까? 지금은 낯설지만 연합신문, 평화일보 등이 있었는데 구호를 외칠 때는 "조선 동아 한국이요 경향신문~" 이렇게 꼬리를 빼듯 외치고, 아니면 "연합신문 평화일보" 이렇게 외치다가 "연합신문 동아일보 경향신문, 조선 한국 평화신문" 이렇게 리듬을 맞춘다. 처음엔 소리가 안 나와 동아일보 하다가 경향신문 하다가 하나씩 늘려 며칠 지나니 목소리가 터져 신나게 신문을 팔았다.

4월 26일 이승만 대통령이 하야하던 날이었다. 나는 배짱좋게 신문 100장을 받아서 단성사 극장 앞에 진을 쳤다. "신문이요, 신문! 이승만 하야!" 이렇게 외치자 사람들이 둥그렇게 나를 둘러쌌다. 그리고 여기저기서 "신문! 신문!" 하고 난리가 났다.

큰돈을 받고 거슬러 주기도 전에 신문을 빼앗아 가면서 돈을 던지는 사람, 빨리 거스름돈을 달라고 소리치는 사람 등 삽시간에 신문이 바닥났다. 주머니에 돈을 더 우겨 넣을 수 없을 정도였다. 그날은 대통령도 민의 앞에 무릎을 꿇고, 신문도 다 팔려 기분 좋은 날이었다.

그런데 어느 날 나의 단골 종로3가 쌍마다방으로 갔다. 그런데 누가 "어이 신문, 신문 하나 줘" 하더니 "야, 너 영화배우 황해 알아?" "예, 알지요." "마, 내가 황해 동생야, 임마" 했다. 그러고 보니 비슷하게 생겼다. 그러더니 "너 이리 좀 와 봐, 너 돈 좀 얼마만 줘. 내가 10분 후에 올게. 이 차가 내 건데 너 여기 있어야 돼. 내 곧 올게, 꼼짝 말고."

나는 어떨결에 돈을 빌려 주고는 골목에서 기다렸다. 30분, 1시간을 기다려도 오지 않았다. 그때 사기꾼이구나 직감했지만, 배우를 좋아해서 '황해'란 말에 그냥 혹했던 기억이 난다. 처음으로 사기를 당한 기록이 되었고, 그날 장사는 공쳤다.

_ 긴 투병 생활을 끝내고

　나는 태어나자마자 백일해를 앓았고, 그것이 폐렴으로 발전하여 심한 기침과 호흡기병을 달고 살았다. 6·25전쟁이 끝나고 몇 년 후 초등학교에 입학한 나는 2,3학년 때 호흡기병이 심해져 휴학을 할 수밖에 없었다.

　당시엔 폐결핵이 만연했고 나 역시 의사의 지시로 결핵약을 복용하게 되었다. 결핵약은 크고 굵어 대여섯 알이면 작은 손에 한주먹인데, 그 약을 매일 하루에 세 번 먹어야 했다. 위장에 치명적인 영향을 미칠 수 있는 시기였다.

　'절대 안정하라'는 의사의 지시에 친구들이 뛰어놀 때 나는 구석에서 늘 바라보고 있었고, 그때부터 외톨이처럼 지낸 적이 많다. 약을 먹어도 차도는 없고 극심한 기침으로 매일같이 새벽에 땀으로 옷이 흠뻑 젖을 정도였다.

　4학년 때 다시 휴학을 했다. 그러자 서서히 공부에 흥미를 잃고 오직 건강하기를 간절히 바랐다. 학교는 한 반을 내려서 5학년을 다니다가 갑자기 서울로 전학을 하게 되었다.

서울에서도 다시 5학년에 들어가 세브란스병원 약을 복용하면서 지냈다. 그때 약이 좀 발전되었는지 나이드라지드를 추가로 복용했다.

내 학교 생활의 전성기는 서울에서 시작하여 중학교 3년을 무사히 다닌 것이다. 여기서 밝힐 것은 어린 시절부터 영화니 연극에 대한 동경은 더욱 간절했다.

고등학교에 진학하여 연극반에 들어가 활동하다가 병이 악화되어 메디컬센터에서 세브란스병원으로 옮겨 입원과 퇴원을 반복했다. 어느 날 세브란스병원 의사는 더 이상 폐가 좋아지지 않고 내성이 생긴 것으로 판단하여 결핵 3차 약을 권했다. 3차 약은 결핵 환자의 마지막 선택이다. 말하자면 사형선고였다. 의사의 지시에 따라 먹기 시작했지만 3개월 후에는 물도 소화를 못 시키는 지경에 이르렀다.

그 후 학교를 그만둘 수밖에 없었고, 어린 나이에 인생의 좌절을 겪으며 크게 상실감에 빠졌다. 그러나 왠지 죽을 것 같은 생각은 들지 않았다. 어느 날 의사가 입원을 권해 정밀검사를 다시 받았다. 그때 아버지께서 의사에게 자식을 살려 달라고 눈물로 호소하셨다.

결과는 내 몸에서 결핵균이 발견되지 않았다. 그러자 그날로 결핵약을 끊고 다른 치료 방법을 써 보자고 했다. 그 결과는 이내 나타났고, 새 기운을 얻은 듯 숨이 가벼워졌다. 이제는 다시 살아야겠다는 의지가 생겼다.

하지만 병은 여기서 끝나지 않았다. 하나가 해결되는 듯했으나 그간 10여 년 동안 복용한 독한 약으로 내 위와 장이 깎여 나가 위하수가 되어 음식 소화를 제대로 못 시키는 또 하나의 투병이 시작되었다.

그러한 아픔의 길은 긴 여정의 출발이었다. 나이를 먹고 시기와 때를 놓치면 교육을 받을 수 없는 것이 가장 걱정이었다. 더 이상 학교 교육은 포기할 수밖에 없었다. 다만 살아났으니 때를 봐서 다시 시작할 날이 올 거라는 믿음만이 있었다.

어린 나이에 너무나 힘든 절망의 시간을 통과하면서 고독한 사춘기를 보내야만 했다. 시간은 되돌릴 수 없는 막바지로 흘러가고 있었지만 건강은 갈지자걸음처럼 흐느적거렸다. 그러나 희망의 끈은 놓을 수 없었다. 어린 시절부터 꿈꿔 온 배우의 욕망이 스멀스멀 일어나 언저리에서 연극 흉내를 내며 자존심을 세워 나갔다.

나는 서라벌고등학교 연극부에서 백전교 방송드라마 연출가를 만나 전국 고등학교 방송드라마 경연대회를 경험했고, 연극 연출가 지용환 선배를 만나 연극에 몰입하던 중 고등학교 휴학계를 내고 투병의 길을 걷게 되었던 것이다.

내가 죽음을 생각한다는 건 살고자 했던 지난 세월을 모욕하는 것이다. 죽음의 유혹은 형형색색의 악마의 탈을 쓰고 나타나 유혹하지만, 나에겐 살고자 하는 본능적 갈구만이 있을 뿐이었다. 귀중한 생명의 가치 앞에 살고자 하는 것은 위대한 것이다. 나는 그 길을 평생 걸어왔다.

그 후 나이를 먹을수록 건강이 좋아지고 있다. 마치 내 인생은 거꾸로 가고 있는 듯하다. 주변에 세상을 떠난 사람들도 많고, 건강이 약해진 사람들도 있다. 그러나 난 지금도 현역이고 앞으로의 계획도 세우고 있다. 연극에서 마지막 종장은 가장 흥미 있는 것이니 기대된다. 그런 점에서 인생은 긴 항로인 것이다.

_ 탑골공원

열두 살 때 서울에 와서 다니게 된 미션스쿨은 붉은 벽돌로 지은 종로 청진동 골목에 있는 교회였다. 집이 종로6가였던 나는 늘 하교 후 신신백화점 앞을 지나다녔다. 그때 분수대에서 멋진 샹송이 흘러나왔다. '파리의 다리 밑'이었나? 리듬이 경쾌하고 세련되어 지금도 어디서 그 멜로디가 흘러 나오면 옛날이 회상되곤 한다.

그 백화점을 지나 거대한 화신백화점이 또 눈에 들어왔다. 종로 중앙에 자리잡은 그 백화점 건물은 친일파였던 박흥식이 지은 것이었다.

버스를 타기에는 좀 그렇고 걷기에는 좀 멀어서 집에 갈 때 꼭 종로3가 탑골공원을 지나가야만 했다. 3·1독립만세를 부른 유서 깊은 공원 입구엔 이승만 대통령 동상이 서 있었고, 공원 안에는 사람들이 모여 누군가의 얘기를 듣고 웃기도 하고 환호도 하고, 한편 열변을 토하는 사람, 또 재담을 늘어놓는 사람, 작은 땅재주꾼들의 공연도 벌어져 매일 들르곤 했다.

그중 특히 목청을 높여 정치적 발언을 토해 내는 사람들은 예나 지금이나 달라지지 않은 풍경이다. 주로 이승만 정권에 대한 성토였는데 "우리가 갈 곳은 서대문형무소밖에 없다"고 핏대를 세우곤 했다. 또 한쪽에 소위 '만물박사'라는 사람이 나타나곤 했는데, 사이비 종교 교주처럼 탑골공원 안의 사람들은 그의 열변을 듣고 함성으로 화답하곤 했다.

그러나 탑골공원은 역사의 숨결이 서려 있는 곳이다. 3·1독립만세가 시작된 장소요, 4·19혁명이 일어난 그 무렵 이승만 대통령 동상이 학생들에 의해 끌려 내려온 곳이었다.

그 후 일 년 뒤 어느 날 나는 '술과 담배를 끊읍시다'라는 캠페인에 웅변 연사로 뽑혀 탑골공원에서 열변을 토했다. 듣기만 하던 내가 웅변을 할 때 사람들이 귀를 기울여 듣는 걸 보니 우쭐한 기분이 들었다. 이런 기질은 후에 연극배우가 될 소양이 아니었던가 싶다. 또한 탑골공원은 어릴 적 사회를 보는 눈을 뜨게 한 세상의 모순이 함축된 곳이었다.

_ 그리운 어머니

어머니는 1913년 충청도 보령에서 태어나셨다. 초기에 기독교를 받아들인 외조부모님 아래서 귀여움을 받으며 아무 걱정 없이 자라셨다. 집을 에워싸고 있는 산과 들에 나가 뛰어놀고, 얼마 떨어지지 않은 곳에 있는 바다에 가서 미역과 게를 잡기도 하셨단다. 키는 작았지만 생각도 넓고 누구에게든 늘 미소로 대하시던 고운 심성은 그런 자연환경과 부모님의 교육 덕분이었을 것이다.

그러나 외조부님이 보령에서 당시 안식일 교회를 중심으로 3·1만세운동을 준비하다가 적발되어 옥살이를 하시면서 집안에 바람 잘 날이 없었고, 그 후 또 다른 환란이 닥쳤다. 이문구의 소설 《관촌수필》의 배경이 된 곳도 그 부근이었듯이 이념의 칼바람이 외가에도 몰아쳤다. 어찌 된 일인지 가족들에게 좌익이라는 딱지가 붙어 어머니의 직계 가족 중 많은 분들이 죽음을 맞을 수밖에 없었다.

어느 날 어머니는 이 애통한 이야기를 낮은 목소리로 들려주셨다. 한 사람의 죽음도 아니고 여러 가족의 수난사를 마음속에 묻어 두고 한을 삭이시다 조용히 말씀하셨다.

어머니는 유난히 성격이 까다로운 시아버지를 모시면서 기를 제대로 못 펴고 사셨다. 삼시 식사를 한 번도 거르지 않고 준비해야 하는 건 물론 온갖 시집살이를 하셨다. 그래도 숨을 쉴 수 있었던 건 친정으로부터 물려받은 신앙의 뿌리로, 곧 우리 집이 교회가 되게 만드시고 예배를 보게 되었다. 안방에서 열 분 정도 모여 예배를 보셨는데, 그 뿌리가 후에 큰 교회를 세우는 기초가 되었다. 그런 소망을 안고 가신 신앙의 길은 큰 위안이 되셨을 것이다.

그리고 큰형님이 서울에서 공부를 마치고 고향에 내려와 농촌문화운동을 시작할 무렵, 교육 문제로 우리 가족은 거꾸로 서울로 떠나는 처지가 되었다. 팔순의 할아버지는 끝내 고향에 남으시겠다고 하여 피난 시절 할아버지의 은혜를 입은 분의 집 한 칸에 계시고 형님을 뒤로한 채 1959년 상경하여 각박한 서울 살림이 시작되었다. 비록 고달픈 도시 생활에서도 산소 같은 어머니의 삶은 가는 곳마다 사랑이 넘치셨고 자식들 교육을 위해 헌신적인 삶을 사셨다.

세월이 흘러 오늘에 서서 나는 어머니를 그리워하는 외로운 처지가 되었다. 모든 가족과 이별하고 어머니와 수십 년을 함께 살아왔다. 어려서부터 병약한 나를 지키시고자, 아니 평생 나를 지켜 주셨다. 그 사랑이 너무나 커서 지금도 어머니가 한없이 고맙고 그립다.

어머니와 작별한 지 15년이 되어 간다. 어머니의 은혜는 헤아릴 수 없지만, 가장 고마운 것은 아무리 어려운 환경에서도 정도를 걸어갈 수 있게 해 주신 깊은 사랑이다.

이 글을 쓰는 다음 날이 어머니 기일이다.

어머니, 남은 시간 열심히 살겠습니다. 다시 만나뵙기를 오늘도 간절히 기도드립니다.

_ 골목길

사람 냄새 나는 서울의 옛 골목길은 도시 계획이란 미명하에 말끔히 정리되었다. 낡은 것을 부수고 새로운이 건축물이 들어섰지만, 그 헐린 자리가 누구에겐 기억의 일부이고 고향이다.

가곡 '옛 동산에 올라'에 나오는 자연 속의 고향은 아니지만 으슥한 골목에서 구슬치기를 하며 놀던 곳도 고향이 된다. 사라진 골목은 골목대로 도시인들의 숨결이 남아 있는 곳이고, 곳곳에 손때 묻은 정겨움이 있다. 그런데 어느 날부터 현대화가 되어 갔다.

옛 골목길을 우연히 지날 때가 있었다. 놀랍게도 그 골목이 그대로 있고 살던 집이 눈에 들어오면 환청처럼 들리는 듯한 어머니의 음성과 아버지의 근심스런 모습, 형제들의 웃음소리에 멍하니 서 있게 된다.

1959년 서울 인구 300만 명이던 시절 종로6가에 정착한 후 도시 생활이 길게 이어졌다. 사대문을 벗어나 살게 된 시간도 꽤 지났다. 도시의 골목은 일상처럼 생활 공간이 되었고, 때론 넓은 광장이 있는 서울 한복판은 친근한 문화 공간이 되었다.

나에게 가장 그립고 잊을 수 없는 곳은 중구 어느 동네다. 그때는 부모님도 젊으셨고 형제들은 대학을 졸업하고 사회의 중심에서 큰 꿈을 설계하고 기백을 토하던 시절이었다.

중부시장이 훤히 보이는 작은 집 앞에 복개천도 있었다. 그 시절 시장을 보러 가시던 어머니가 그리워 지금도 남아 있는 그 골목을 찾을 때가 있다. 마음에 상처를 받았을 때나 용기가 더 필요할 때는 그 골목에 가서 우리를 위해 고생하시고 나를 부르던 어머니의 목소리를 느껴보기 위해서다. 그리고 또 다짐도 한다.

과거에도 살았고 지금도 살고 있는, 진솔한 이야기가 얽혀 있는 그 골목길. 오늘도 골목길은 정겹기만 하다.

_ 꿈이야 생시야

1995년경 이 집 저 집 이사를 다니던 시절이다. 2년에 한 번 더 싼집으로 옮겨 다니던 그때, 지금이라면 가망 없는 옛날이다.

나는 후암동에서만 10년 동안 네 번 옮겨 다녔다. 살던 집이 도시계획에 잡혀 다섯 번째 집에 짐을 풀려고 하는데 먼저 살던 집주인한테서 "세입자에게 아파트 입주권이 나왔다"는 전갈이 왔다. 아파트는 다른 사람 얘기처럼 들렸으니 관심밖의 일인데다, 소문에 코딱지만 한 8평짜리라는 말을 듣고 있던 터였다.

그건 그렇고, 입주권을 받지 않을 사람은 7백만 원 이사 비용을 준다는 말을 듣고 구청을 찾아갔다. 그리고 다짜고짜 이사 비용 7백만 원을 신청하려는데 담당자가 나를 힐끔 보더니 "예술 계통에 계시지유?" 하고 물었다. 그러더니 "그냥 아파트로 가유~" 했다. "겨우 8평이라면서요?" 시큰둥하게 대답했더니 "아니 8평이면 어때유? 살 만해유" 하며 날 한심한 듯 쳐다봤다.

그러자 은근히 화가 났다. 젊음이 있고 그래도 지금은 아니지만 미래의 꿈을 먹고 사는데 내 인생이 8평에 묶여?

"나 필요 없어요, 이사할래요."

하기사 7백만 원이면 나름 큰돈이었다. 담당자는 나를 바라보며 "왜 그류, 작아도 아파트가 낫지유" 하며 또 핀잔을 줬다. 일단 그렇게 얘기를 끝내고 헤어졌다.

곰곰 생각하던 나는 "그래, 아파트 한번 살아봐? 과거에는 10평짜리에서 네 식구도 살았는데?" 하고 마음이 바뀌었다. 그렇게 마음을 정한 다음 서류를 제출하고 기다리니 구청에서 연락이 왔다. 아파트 위치와 몇 단지 몇 층 호실까지 정해 주었다. 그리고 12월에 공사가 끝나니 이사를 하란다.

난 그 말을 듣고 시큰둥하며 시간을 보내다가 "그래도 이사하기 전에 한번 가볼까?" 하고 차를 몰고 갔다.

사대문, 아니 시내에서 벗어나 본 적이 없는데 한강을 지나 영등포를 지나 낯선 양천구 골짜기 어느 언덕 위에 있는 거대한 아파트 단지를 발견하고 찾아갔다. 문이 열려 있어 안으로 들어가며 일단 내 눈을 의심했다.

"여기가 내가 살 집? 이럴 수가!"

지금 사는 집보다 세 배는 커보이는 15평 정도였다.

갑자기 나는 뭔가에 홀린 듯, 아니 세상을 다 얻은 기분이 들었다.

팔순 넘은 어머니가 평생 내 집 한 번 못 사시고 돌아가실까 봐 늘 마음이 아팠는데 이제라도 이곳에 사신다면 한이 좀 풀리시려나? 지체없이 이사를 하기로 마음먹었다.

물론 아파트 내부 정리가 끝난 것은 아니었으나 이사할 수 있다는 말에 결심했다. 날도 추워졌다. 부지런히 이삿짐을 싸놓고 아파트 입주권을 얻게 해 준 집주인에게 감사 인사를 드리고 떠났다.

아직 벽지만 바른 상태여서 가지고 온 짐은 풀지도 못하고 첫밤을 맞았다. 지금까지 한데나 다름없이 살아온 세월이 떠오르며 감격에 겨워 잠이 오지 않았다. 밖은 차지만 방안은 뜨끈뜨끈한 온기로 가득했다. 욕실 겸 화장실엔 김이 무럭무럭 나는 물이 마구 쏟아져 깜짝 놀랐다. 순간 영화 〈자이언트〉에서 제임스 딘 앞에 석유가 쏟아지는 것처럼 감격스러웠다.

어머니 곁에 가서 서로 허벅지를 꼬집으며 "이거 꿈이야 생시야?" 하고 잠을 이루지 못하다가 새벽녘에야 눈을 감았다.

_ 그때가 마냥 그립다

옛날 우리 집 아침 풍경이 그려진다. 밥상에 둥글게 앉아 온 식구가 식사를 하던 모습이 떠오른다. 할아버지와 부모님, 모처럼 고향 청양에서 상경한 큰형님, 대학을 갓 졸업한 둘째 형님 그리고 나, 동생, 한쪽엔 조카들이 앉아 밥을 먹던 그때 그 풍경은 내 머릿속에 박혀 있는 조각이다.

이제 모두 세상을 떠나고, 어쩌다 얼굴을 보는 하나 남은 동생과 조카들 뿐이다.

지역의 발전과 문화운동에 헌신했던 큰형님은 우리 식구의 기둥이었다. 충청도에 공화당의 위세가 대단했지만 정치엔 선을 긋고 오로지 낙후된 지역만을 생각하고 봉사하던 큰형님은 지역의 상록수로 불렸다.

내가 자란 곳은 서울 중구 예관동이다. 멀지 않은 곳에 남인수 선생이 사셨던 충현공원이 있었고, 김영삼 대통령이 다녔다는 충현교회가 바로 옆이다. 난 가끔 충현공원에 들러 주변의 멋진 양옥집들을 보며 부러워했다. 세월이 흘러 공원 옆에 연극인회관이 들어서고 어느덧 그곳은 활동 무대가 되었다.

어릴 적 무척 좋아하던 곳은 우리 집 골목을 빠져나와 길 건너 백 미터쯤 내려가면 국도극장이 있고, 좀 더 내려가다가 왼쪽 골목으로 들어서면 초동극장, 그 옆이 명보극장이었다. 여기가 바로 유명한 배우들이 모이는 곳, 금방 만날 것 같은 충무로 영화의 거리 입구다. 60년대 초반은 우리 영화의 전성기로 앞으로 개봉될 영화 스틸 사진들을 진열해 놓은 곳이 있었다. 지나면서 개봉 전 미리 보는 사진은 데이트 상대를 만나듯 당시 인기 배우들과 영화를 미리 상상하면서 바라보았다.

초저녁 충무로 골목은 하루 촬영을 마치고 돌아온 사람들로 웅성거렸다. 그래도 골목의 중심인 스타다방 앞은 한국 영화를 알리는 신바람이 불던 곳이었다. 석양이 기울면 대포 한잔을 기대하며 왁자지껄하던 풍경이 기억난다. 충무로는 영화의 메카요, 그 시대는 한국 영화의 전성기였으며, 내가 영화에 푹 빠졌던 사춘기 시절이니, 늘 과거를 회상하면 떠오르는 추억들이다.

가난해도 좋았던 시절, 희망이 있어서 좋았던 시절, 부모 형제가 모두 살아 계셔서 즐거웠던 시절, 그때가 마냥 그립다.

_ 형님 권병홍

　우리 5남매 중 맏이인 권병홍(1932년생) 형님은 나이 차이가 많아 늘 어려웠지만 한편 깊은 사랑을 느끼게 해 주었다. 그래서 나는 형님의 세계관에 더욱 관심을 갖게 되었고, 그만큼 형님이 큰 인물이 되기를 기대했다.

　형님은 일제강점기에 초등학교와 중학교를 다녔고, 고등학교는 부모님의 권유로 서울에 유학(삼육)하였다. 이어서 삼육신학교(현 삼육대학)를 다니게 되었는데, 당시 삼육신학교는 미국 유학의 길이 열려 있어 한참 유학을 준비하다가 6·25를 맞게 되었다. 그러자 모든 계획이 틀어지고 군대 영장이 나와 기숙사에서 전쟁터로 차출되어 나갔다. 그런데 전쟁터에서 파편을 맞아 대구육군병원에 후송되었다가 일 년 만에 제대를 했다.

　그 후 형님은 고향에 내려와 미래에 대한 설계를 하기 시작했다. 당시 우리 집은 일본식 목조 건물이었는데 대천과 예산,

광천 방향으로 빠지는 길목에 있었고, 유난히 군용차들이 많이 지나다녔다. 여름이면 선글라스를 낀 여성을 태운 군용 지프차들이 집 앞 자동차 타이어 가게에서 바람을 넣고 머물다 갔다.

어느 깊은 밤 목조 건물 2층 창문 틈새로 클라리넷 소리가 들려왔다. 그 소리를 따라 어느 장교가 지프차에서 내려 2층 나무 계단을 올라왔다. 그리고 클라리넷을 불던 형님과 눈인사를 했다. 어쩌면 전쟁 후 이런 농촌에서 들려온 음악 소리에 무슨 감정을 느꼈던 걸까? 낯선 두 사람이 목례를 하던 낭만적인 이야기가 생각난다.

형님은 시대의 고민을 안고 뭔가 의욕적인 일을 하고자 했다. 맏이로서 책임도 있었지만 더 큰 사회에 봉사하는 길을 택했다. 문맹이 들끓고 비위생적이고 낙후된 농촌 현실에 대해 고민했을 것이고, 열정적인 성격이 어떤 개혁의 길로 이끌었음이 분명했다. 문화 혜택이 전무한 농촌을 그대로 두고 볼 수 없다는 사명감을 느꼈을 것이다. 그리고 고향에서 하나하나 성과가 나타나던 1955년경 문화원을 설립하게 되었다.

권병홍 형님은 농촌문화운동가요 사회사업가로 청춘을 불살랐다. 30대에 들어서면서 고향 사람들로부터 상록수처럼 푸르고 청빈한 지도자로 인정받았고, 또 중앙에서 인정한 '상록수상'과 경향신문사가 제정한 '국민이 주는 희망의 상' 그리고 '국민 포상'을 받았다.

■ 경향신문사가 제정한 '국민이 주는 희망의 상'을 받고 가족들과 함께

하지만 충청 지역에 권력의 힘이 기세를 떨칠 때 권력은 형님을 경계했다. 형님은 누구에게도 머리를 숙이는 분이 아니었기 때문이다. 오직 민의를 위해 활동한 충청 지역의 농촌지도자 두 분 중 한 분이었다. 그 한 분은 나중에 유정회 의원이 되었다.

형님도 야심을 숨기지 않았다. "지역에서 존경받는 사람이 중앙에 진출하는 것이 곧 민주주의의 기반"이라고 하던 말이 생각난다. 그렇게 헌신하던 형님이 점점 권력으로부터 상처를 입고 문화원을 짓다가 좌절하면서 병까지 얻어 마흔 살에 미혼인 채요절하고 말았다.

60년대 최고 배우들과도 겨룰 만한 외모와 훌륭한 인품을 가진 형님이었는데 애통한 마음 금할 수 없다. 언젠가 서울에 있는 한 언론사 기자가 '문화의 역군'이라고 취재를 하러 왔을 때, "농촌에 이런 훌륭한 분이 있다니, 과연 유달영 선생님이 장래의 인물로 소개하신 이유를 알 것 같다"고 한 말을 들은 기억이 또렷하다. 금년(2022년)이 형님 떠나신 지 50주기가 된다.

_ 나는 누구인가

나는 간판이 없다. 어느 대학 무슨 과 졸업 증명서가 없다. 고등학교 1년 다니다가 10년간 먹은 결핵약이 내성이 생겨 마지막 3차 약을 먹다 쓰러졌으니, 더 이상 희망도 없고 살아날 수 있을까 절망뿐이었다. 그리고 가장 중요한 학업마저 이어갈 수가 없었다.

중병으로 죽음의 문턱을 헤맸으나 결핵이 오진으로 판명되어 진료 방향을 바꿔 겨우 목숨은 살아났다. 그리고 아직 어려서인지 약의 독성이 빠져나가고 얼굴빛이 점점 피어났다.

오기가 발동한 나는 그간의 절망을 딛고 인생의 도전장을 내밀었다. 그러나 이미 늦은 학교 공부를 파고들기에는 신체적 한계가 있었다. 그저 살아났다는 감사함과 우선 하루하루 건강과의 투쟁이 남아 있을 뿐이었다.

이제 내가 할 수 있는 것은 어린 시절의 꿈을 실현하는 것이었다.

재능을 믿고 울분을 쏟아부을 곳을 찾는 것, 꼭 하고 싶은 배우의 길이 그것이었다.

그런데 연기를 배울 수 있는 학교에 갈 자격이 없었다. 어느 날 신문 귀퉁이에 배우학원 광고가 눈에 띄었다. 나는 설레는 마음으로 사회 초년병이 행군하듯 찾아갔다. 시설은 초라했지만 훌륭한 감독들에게 연기 수업을 받았다. 연기를 한다 하니 생기가 솟는 이유는 나만 알 것이다.

동료들과 작품을 선정하고 연습에 들어갔다. 연극을 하면 할수록 언제 아팠던가 싶을 정도로 힘이 솟구쳤다. 차범석 작 〈불모지〉에서 신체적 조건이나 목소리로 보아 내가 주인공 최노인 역을 할 수밖에 없었다. 축 늘어졌던 내 몸에서 어떻게 그런 큰 목소리와 광기가 솟아났는지 동료들도 깜짝 놀라는 눈치였다. 연극은 정말 나를 다시 태어나게 하는 원동력이었다. 이어서 유진 오닐의 〈긴 귀향 항로〉 등의 작품을 공연했다.

나에겐 내놓을 만한 신분이 없으니 늘 열등감이 따라다녔다. 그러던 어느 날 역사가 있는 '극단 신협'에서 큰 배역을 맡게 되었다. 그리고 존경하는 김동원 선생님을 비롯해 유명한 배우들과 공연을 준비했다. 그저 감사한 마음으로 열심히 하다 보니 격려와 칭찬을 받기도 했다.

재능을 재능으로 인정받는 곳이 연극계다. 연극 영화계는 객관적 진실과 재능과 창의적 예지가 제일 잘 통하는 곳이다. 이론과 논리에 맞추는 것이 아니라 창의적 표현으로 이론과 논리를 깨닫게 하는 것이 더 정확하게 살아 있는 공부다. 미국의 제임스 딘이나 말론 브란도 등도 모두 액터 스튜디오 출신이다. 외피를 쓰고 가짜가 진짜인 듯 판치는 현학주의는 표현력이 없는 이론에 불과한 경우가 많다.

이렇게 자신감이 차오르던 무렵 '극단 자유'에 입단하게 됐다. 연극은 특별히 이력서를 제출하지 않아도 되었고, 실력과 창의력과 신뢰라는 덕목을 우선시했다. 단원 생활을 하면서 나는 열심히 극단에 필요한 사람이 되고자 노력했다.

그러던 어느 날 극단에 먼저 들어온 친구가 "권형! 이력서를 제출하세요" 했다. 내놓을 만한 이력이 없는데…. 그러나 나는 몇 년 동안 공연한 것과 극단 신협에서의 공연 실적을 제출했다. 이제 와 생각하니 극단 자유는 학벌 따위를 뛰어넘는 예술가적 안목이 있었다. 어쩌면 극단에서 인정받고 있던 나를 질투하는 것이 아닌가? 그런 오해를 잠시 했지만 극단에선 성격 배우로 나를 필요로 했을 것이다. 내가 단역이든 주어진 역에 좋은 연기를 보일 때 나의 정체성이 더욱 빛났을 것이라고 믿는다. 연기는 거짓이 없는 영혼의 소리이기 때문이다.

2부
권병길이 저승풀이다

_ 배우 연습

우리나라 영화의 초창기와 중반기는 흑백 영화 시대였다. 천연색 컬러 영화가 판을 쳐도 흑백 영화의 짙은 화면이 지금도 마음에 남아 있다.

스크린은 새 문명의 길을 열었다. 영화가 연극무대의 한계를 넓혀 갔지만, 연극은 또 다른 상상력으로 관객과 직접 소통하는 예술의 기초가 되는 것이다.

해방 전후 정극과 악극 그리고 여성국극이 대중의 인기를 한 몸에 받았다. 그래서 도시에 머물지 않고 유랑극단을 꾸려 지방 순회 공연을 떠났고, 악극 배우들이 지방에 나타나기 전에 무대 세트를 실은 트럭이 먼저 도착했다. 세트들은 보기엔 허름하고 부실했지만 장치를 해놓고 조명을 받으면 신기하게도 상상의 나래를 펼치게 했다.

공연 날짜에 맞춰 배우들이 화려한 옷을 입고 선글라스를 낀 채

여관으로 들어간다. 날이 어둑해지면 배우들이 극장에 나타나 분장을 하고 옷을 갈아입는다. 어린 시절 극장 한켠이 분장실이라는 것을 알고 그쪽을 기웃거리다 거울 앞에서 분장하는 모습을 보았다. 당시 배우들은 눈썹과 눈화장을 짙게 하고 콧날을 유난히 세워 무대에 서면 아주 멋지게 보였다. 배우의 모습이 보통사람과 다르게 각인되던 시절, 나 역시 연필로 흉내를 내곤 했다.

영화는 사나흘에 한 번 들어왔고, 김동원과 조미령, 김승호, 황정순을 알게 된 〈호동왕자와 낙랑공주〉가 재미있게 회상된다. 며칠에 한 번 보는 영화들로 또 하나의 세상을 같이 살아가는 듯했다. 실제 배우뿐 아니라 스크린의 멋진 배우들을 보기 위해 매일 기다리던 나는 천방지축이었다.

후에 연극을 본격적으로 시작하면서 스크린의 유명한 분들을 뵈었고, 어린 시절 〈장화홍련전〉에서 못된 계모의 아들 장쇠로 나온 추석양 선생과는 수십 년이 흐른 후 공연을 같이 하면서 옛날을 회상하기도 했다. 영화에서 나쁜 선생이던 분이 평소에 그렇게 좋은 분이라는 것이 놀라웠고, 얼마 후 세상을 떠나 마음이 아팠다. 어린 시절 흉내 내던 연극 영화 속 배우들을 만나는 연습, 그렇게 시작된 배우 연습은 지금도 이어지고 있다.

_ 연극의 시작

　인생의 목표에는 늘 갈림길이 있다. 연극 인생도 마찬가지다. 출발선에 서서 누구를 만나고 어느 스승의 가르침을 받고 같이 활동하느냐에 따라 미래에 대한 그림이 그려진다. 특히 배우들에게는 데뷔 시기인 처음이 아주 중요하다.

　그런데 나는 혼자 시작했고 특별한 스승을 만날 길이 없었다. 고등학교 시절 연극에 대한 열정으로 연극부에 들어가 요절한 지용환 선배님을 잠시 만났고, 백전교 방송드라마 연출가에게 배운 화술 공부는 지금도 인상 깊게 남아 있다.

　그 후 몸이 쇠약해져 휴학의 길을 걷다가 건강이 회복되어 연극을 하고 싶어하는 동료들과 함께 관객을 만나는 연습을 하게 되었다.

　어린 시절 배우 흉내를 내기도 하고 교회 성극도 하고 학예회 때 단막극도 하면서 재능을 인정받았으나 방황하던 나는 중요한 시기에 조민, 신국(당시 현대극회), 김진구(동랑레퍼토리) 등을 만났다. (이 세 사람은 모두 세상을 떠났다.) 그리고 효과의 박달재(CBS), 극작의 차정룡 교수, 그리고 동료들과 함께 희곡을 선정하고 공연을 시도하였다.

그 열정으로 김석야 작, 조민 연출로 〈즐거운 수난기〉를 명동에 있는 어느 다방에 무대를 꾸며 공연했다. 영화 〈잊혀진 여인〉의 김미영과 〈바보들의 행진〉의 이영옥과 함께였다. 당시는 연극이 끝난 후 뒷풀이 자리에서의 열정적인 토론만으로도 공부가 되었다.

나에겐 스승과 단체가 절실했는데, 마침 기회가 찾아왔다. 이해랑 선생님이 만든 극단 신협에서 출연 제의를 받은 것이다. 연출가 최현민 선생과 존경해 오던 김동원 선생을 비롯하여 영화계에서 활발하게 활동하던 박암, 최남현, 주선태, 박상익 선생과 이주실, 김을동, 정진, 윤병훈, 문숙, 김종결, 송환규 등의 배우들과 새로운 만남이 시작되었다.

그런데 극단 신협은 역사와 전통은 있었으나 저무는 극단이었다. 아직 20대였던 나에겐 새로운 시작이 필요했다. 그때 충무로 5가 연극인회관에 늘 나가 연극인들과 만나던 시절, 극단 자유에서 〈파우스트〉를 준비하고 있었다. 많은 배우가 나오는 작품인데 조명남 씨가 나에게 인연의 끈을 이어주었다. 극단 자유의 첫 작품에 이윤영 연출이 일인다역을 주문했다. 배역에 목마른 나는 원숭이, 천사, 동네사람 등의 배역을 맡아 열심히 연습했다.

그러던 어느 날 이윤영 연출가가 극단 선생님들이 나의 열정을 보고 좋아하셨다며 입단을 권유했다. 그것은 또 한 번 새로 만나는 연극 인생이 되었다.

극단 자유는 1966년에 창단되었는데 연극 3세대인 나옥주, 최불암, 김혜자, 박정자, 윤소정, 이성웅으로 출발하여 후에 김금지, 추송웅, 함현진, 채진희, 박웅, 구문회, 오영수, 권병길, 손봉숙, 한영애로 이어지는 의욕적인 극단이었다. 나는 동경해 오던 극단의 말단으로 출발하여 오늘에 이르렀다.

그런데 지금 극단 식구들 중 연출가 이윤영, 배우 추송웅, 함현진, 장건일, 도윤주, 구문회, LA로 이주한 양진웅 형님이 세상을 떠났다. 창단 50년을 넘긴 자유 대표 이병복 선생님도 떠나시고, 김정옥 선생님이 아직 극단을 지키고 계시지만 최치림 대표 체제로 이어가고 있다. 인생이 연극인지 연극이 인생인지, 극단 식구들을 생각하면 마음이 아프다.

극단을 선택하고 열심히 연극 포스터를 붙이며 연습하던 때가 어제인데, 지금 칠십 중반의 연극 인생을 돌아보게 된다. 연극의 시작과 종점의 길 위에 선 나는 서글픈 피에로의 모습이 되어 있다.

_ 바람 부는 날에도 꽃은 피고

1966년에 창단된 극단 자유는 연극계의 중흥을 위해 노력해온 대표적인 극단 중 하나다. 박진, 서항석, 유치진, 이해랑, 이진순, 김동원, 이원경 선생님은 해방 전부터 해외에서 신연극을 공부하고 국내 연극 운동을 하신 분들이다. 당시 연극계는 다양한 활동이 전개되었고, 한편 이념 차이로 월북한 분들과 남쪽에 남아 계시던 분들의 시대로 나뉜다.

그 후 60년대 들어 연극은 본격적으로 활로를 찾기 시작했으며, 새로운 극단들이 창단되었다. 그 시기에 프랑스에서 공부하고 돌아온 이병복, 김정옥 두 분이 손을 잡고 극단 자유를 창단했던 것이다.

60년대 문화의 현장은 죽은 영혼이 꿈틀대듯 자유혼이 연극으로 꽃피고 있었다. 가난했지만 영혼을 살찌우기 위해 인재들이 몰려왔다. 서로 약속도 없이 모여 얼굴을 익히고 엉키어 무대를 꾸려 나갔다. 이 무렵 '자유'도 예외가 아니었다. 광대들이 모여들었고, 바람 불어 찾아와 꽃씨만 남기고 떠난 광대들 역시 줄잡아 백여 명은 될 것이다.

극단 창단 10주년을 지나 20년이 넘는 세월이 흘러갈 무렵 많은 변화가 왔다. 전성기 극단 활동은 바쁘게 돌아가고, 해외에 진출한 자유의 분신들은 한 시대의 얼을 남기고 바람과 함께 사라진 분들까지 많은 이야깃거리가 있다.

이병복 선생의 무대미술은 만장기가 되어 펄럭였고, 간결하면서 품위 있게 꾸며진 장치는 우리의 전통미가 숨쉬고 있었다.

극단의 리더 김정옥 선생님은 빈틈없는 기획으로 단원들을 이끌고 해외 곳곳을 다니며 문화 선진국에 우리 예술의 혼을 심었다.

〈무엇이 될고 하니〉, 〈피의 결혼〉, 〈바람 부는 날에도 꽃은 피고〉는 김정옥, 이병복 두 분이 만들어 낸 작품의 꽃이었다. 공기 속에 꽃씨를 뿌리듯 예술혼을 발 닫는 곳에 뿌렸다.

〈바람 부는 날에도 꽃은 피고〉 작품은 우리 광대들의 세계를 말하는 듯 그림자가 커진 뒤에 황혼이 드리우듯 짙게 물들어 가고 있는 것이다. 먼저 떠나간 앞광대 뒷광대를 멀리서 바라보는 눈빛 속에 인생의 허무함을 느끼게 하는 극단 식구들이다.

_ 첫 출연료

1968년은 본격적으로 연기 생활을 시작한 해다. 어쩌면 영화의 르네상스인 50~60년대를 거치면서 스크린에 매료되어 멋진 배우들의 모습에 사로잡혔던 속마음을 숨기고 싶지 않다.

영화에 출연하는 기회는 쉽지 않았다. 단역이라면 할 수도 있었겠으나 젊은 시절의 부푼 꿈에 대한 반항이었다. 우선 기회를 보고 공부하는 자세를 견지하는 것이 맞다. 연극은 그런 의미로 시작했고, 순수예술을 향한 젊음의 시작이었다.

우선 연극 세계엔 멋진 창작품부터 셰익스피어, 유진 오닐, 몰리에르, 이오네스코, 베케트 등 유명 작가들의 작품을 대할 수 있다는 자부심이 나를 이끌었다. 훌륭한 극작가들 작품의 인물을 창조할 수 있다는 것은 무척 흥분되는 일이었다.

그러나 속사정은 달랐다. 연극을 한 편 만드는 데 제작비가 많이 들고 들어간 제작비를 뽑아 내는 단체는 거의 없었다. 그러니 배우들에게 돌아오는 수고비는 기대할 수가 없었다.

연극을 시작하고 6년쯤 지났을 때 첫 출연료를 받았다. 극단 신협의 지방 공연을 끝내고 박암 선생이 여관 마루에 걸터앉아 배우들 이름을 호명하며 "어이, 수고했어" 하고 봉투를 건넸다. 첫 출연료를 받은 기분은 정말 달콤했다. 금액은 5천 원(지금 가치로는 50만 원 정도)인데, 서울에 도착하자마자 그대로 헤어질 수 없어 한잔하고도 돈이 좀 남아 있는 것이 신기했다.

두 번째 출연료는 극단 자유에서의 공연인데, 당시 젊은 단원들과 〈파우스트〉를 끝내고 1만 원 정도 받았다. 극단 자유와 극단 신협의 출연료 지급 방법이 좀 달랐다. 신협은 선후배 경력과 출연 배역을 감안해서 차이를 두고 출연료를 지불했다면, 극단 자유는 봉투 안에 연습비 얼마, 정단원 준단원 구분, 연습 일자, 거마비 등을 세부적으로 적어 주었다.

내가 잊지 못하는 출연료는 극단 성좌의 〈봄날〉 공연 때다. 성좌 대표 권오일 선생은 급히 전화를 걸어 주연배우(오현경)가 사정상 출연을 못하니 하자고 했다. 그리고 공연이 끝나고 다방에서 만나 만 원짜리로 두툼한 뭉칫돈을 쥐어 주었다. 그 순간의 기분을 지금도 잊을 수가 없다.

연극 출연료는 사전에 구두 약속으로 신의를 중시하나 요즘 젊은 세대는 계약을 하기도 하고 영화나 방송 출연료는 철저하게 여러 번 사인을 하고 계약한다. 나 역시 방송과 영화 출연료는 연극과 비교가 안 될 만큼 많아졌다.

젊은 시절 꿈꾸었던 영화는 50대가 되어 출연 교섭이 왔다. 이제사 영화라니? 젊은 나를 보여 주고 싶었는데…. 그러나 나의 원망을 받아들일 영화계가 아니다. 두툼한 출연료에 매혹되기도 했고, 배역 욕심이 나는 강우석 감독의 〈누가 용의 발톱을 보았는가?〉를 첫 작품처럼 찍고 난 후 연극으로 쌓아올린 성과를 영화에서 인정받은 듯한 기분이 들었다.

그러던 중 스크린 쿼터 축소 바람이 불면서 자주 오던 영화 섭외가 뜸해졌다. 나는 영화계의 입장에서 '스크린 쿼터 반대' 투쟁을 벌였고, 그 사실이 알려졌는지 출연료는 역시 반토막이었고, 대형 영화, 즉 대기업이 투자하는 수백억 제작 시대로 바뀌었다. 드디어 수억을 받는 주연이 속출하고, 그 외 배우들의 출연료가 엄청난 차이로 계층화되어 꿈을 안고 출발한 영화는 시작과 함께 무너져 버린 느낌이다.

같이 영화계를 위해 싸운 동지는 언제 봤냐는 식으로 좋은 기회가 와도 외면했다. 배신과 배신이 교차하는 영화계는 대작 몇 편, 우수한 감독 그리고 수억 대의 배우들만 살판났지 다양하고 좋은 영화는 길이 멀다는 느낌이 들었다. 잠시 좋았던 출연료는 끝물로 가고 고행의 길이 다시 이어지고 있다. 다만 배우는 대중이 외면할 때까지는 생명이 있는 것인데, 우리 현실은 그렇지 않다.

_ 연출가 김정옥의 〈햄릿〉

세계 2대 문호라면 셰익스피어와 세르반테스를 꼽을 수 있다. 셰익스피어는 4대 비극을 쓴 희곡 작가로 전 세계가 찬탄하는 언어의 마술사다. 그의 작품 〈햄릿〉은 우리나라에서 가장 많이 공연된 작품이다.

이해랑 선생님의 〈햄릿〉과 김정옥 선생님의 〈햄릿〉에 참여하면서 이미 세르반테스의 〈돈키호테〉에서 주인공 역을 맡았던 나는 배우로서 큰 행운이었다.

1996년 김정옥 선생님은 다른 〈햄릿〉 공연과 차별화하여 원작의 범주 안에서 한국적 번안작으로 〈햄릿〉을 준비했다. 복잡한 인간사가 엮인 작품을 풀어내는 데 관심이 집중됐다. 선생님은 그러한 의도를 이미 알고 있었고, 그러기에 이색적인 작품임을 알린 무대였다.

무대장치는 천으로 차일을 쳐 한국적 정서가 물씬 나게 꾸미고,

그 위에 구음과 소리와 무속의 극적 분위기를 살려 윤복희의 소리와 박정자의 무속과 박윤초의 구음으로 스토리 중심이 아닌 사건 중심으로 극대화하였다. 그리고 배우들의 연기를 중심에 놓고 몽타주 수법으로 작품을 탄생시켰다. 햄릿에 유인촌, 오필리어엔 한영애, 클로디오스왕은 내가 맡고, 왕비는 김금지, 포로니오스는 박웅 선배가 맡았다.

〈햄릿〉은 서울 공연을 시작으로 전국 순회 공연과 이어서 프랑스 파리와 독일에서도 공연했다. 특히 프랑스 관객들에게 색다른 감흥을 준 것이 틀림없다. 파리는 예술의 도시답게 공연을

■ 오필리어 역의 한영애 배우와 분장실에서

끝내고 노천 카페에 앉아 땀을 식히는데 거리의 악사가 나타나 우리를 위로하듯 멋진 연주를 해 주었다.

이튿날 독일 본으로 출발하기 전 유인촌의 부친께서 갑자기 운명하셨다는 전갈이 왔다. 단원들의 분위기는 가라앉았고 유인촌 씨는 큰 슬픔에 빠지게 되었다. 독일 마지막 공연을 위해 우리 일행은 출발하지 않으면 안 되었다. 서로 위로하며 배우의 운명을 생각하게 하는 순간이었다. 슬픈 일을 당해도 약속된 무대에서 벗어날 수가 없다. 아이러니하게도 공연 주제도 죽음이었고, 전날 파리 시내에서 사람의 뼈를 방부처리해 놓은 수 킬로미터 되는 지하를 방문하고 공연에 임하는 우연은 운명의 장난인 듯했다.

김정옥 선생님의 〈햄릿〉 공연 행진은 6개월간 지속되었다. 새로운 〈햄릿〉 공연이라는 평가 속에 이름 있는 배우들이 참여한 작품이어서 국내 지방 공연을 요구하는 곳이 많았다. 마지막으로 제주도에서 공연을 마치고 종파티는 멋지게 괌으로 가자고 누군가 제의했다. 이때 처음 괌에 갔었다.

연극 인생 중 하이라이트였던 나의 50대는 이렇게 지나갔다. 연출가 김정옥 선생님의 〈햄릿〉은 지금까지 서구 중심의 셰익스피어 연극만을 대한 그들에게 동양의 풍취와 신비 그리고 새로운 표현 양식의 공연이었다고 자부한다. 창의력이 돋보이는 작품과 이병복 선생님의 한국적 무대미술이 빛을 더했다.

_ 〈따라지의 향연〉 만세

극단 자유는 60년대 내가 동경하던 단체였다. 동인제 극단 시절, 극단 자유는 새로운 연극을 지향하는 단체였으나 가까이 하기엔 먼 극단이었다. 하지만 극단의 레퍼토리가 연극적 풍자가 녹아 있는 코미디와 현대적 연극 사조를 이끌어 가고 있어 호기심을 갖고 있었다. 운명은 꼭 계획된 것은 아니나 어느덧 극단 단원이 되어 있는 것이 신기했다.

이탈리아 작가 스칼페타의 〈따라지의 향연〉은 극단 자유의 창단 작품이다. 〈따라지의 향연〉이 첫 공연될 때 많은 이야기를 들어 꽤 유명한 작품임을 알고 있었지만 이 작품과 인연이 될 줄은 정말 몰랐다. 그러나 단체는 세 번째 앙코르 공연을 준비하고 있었고, 나에게 주인공 파스칼 역이 돌아오자 기쁘면서도 걱정이 앞섰다.

그리고 몇 년 후 호암아트홀에서 다시 앙코르 공연을 하게 되었고, 또 10년 후 연강홀에서 다섯 번째 공연을, 여섯 번째는 아르코예술극장에서 공연하게 되었는데, 역할을 바꿔 가며 계속 주인공으로 출연했다.

내가 동경하며 입단을 원했던 극단의 창단 작품에 네 번이나 출연했고, 훌륭한 선배들의 배역을 대신해 나름의 성과를 얻게 된 나는 배우로서 큰 긍지를 갖게 되었다. 그리고 같이 공연한 박정자, 김금지, 박웅, 박인환, 오영수 형과의 만남을 소중한 추억으로 간직하고 있다.

초기에는 연기파 최불암, 김혜자, 추송웅, 김관수, 함현진 배우들의 열전이었고, 그 후 대를 이은 배우 열전이 되었던 것이다.

호암아트홀 공연이 끝난 후 '사랑의 연극상' 조연상에 추천되었다는 소식이 들려왔다. 연극에 주연과 조연이 따로 없지만 굳이 그런 상이 마련됐다 하니 연기자로서 평가를 받은 것이니 일단 기뻤다. 상대 부인 역을 맡은 선배님은 당연히 주연이고 상을 받을 분이지만, 조연상은 이치에 맞지 않아 조용히 사양했다.

그간 선배님들의 상대역인 나는 영광이었고 전통 있는 극단의 창단 작품에 네 번이나 출연한 나로선 모든 것을 얻은 듯했다. 따라지의 향연 만세!

■ 박웅, 오영수 형과 함께한 〈따라지의 향연〉(위)과 〈그 여자 사람잡네〉(아래)

_ 라만차 기사 〈돈키호테〉

극단 자유 자체 공연으로 마르셀 파뇰의 〈화니와 마리우스〉를 한창 준비하고 있었다. 채시라, 박상원, 박인환과 만나 모처럼 외부 출연자 중심이 되었다. 그러나 나는 바로 전 세르반테스의 〈돈키호테〉 뮤지컬 공연 제의를 받은 상태였다. 오디션을 거치게 되었지만 〈돈키호테〉를 할 수 있는 배우는 권병길이라는 소문이 돌았다 한다.

왜 그럴까? 세상을 외롭게 살아가는 모습, 무언가 불의를 보면 참견해야 숨을 쉴 수 있는 사람, 그러나 아무 힘도 능력도 없이 큰소리치는 사람, 혹 떼러 갔다가 더 큰 혹을 붙이고 오는 처절한 패배자, 죽음에 임박해서까지 "나는 돈키호테 라만차의 기사"라고 부르짖으며 무덤에 묻힐 때까지 싸우고 죽겠다는 순수한 영혼의 소유자, 그러한 배역을 고르는데 평소에 눈여겨보았다는 연출자의 말이다. 그 말이 꼭 기분 좋은 것은 아니나 비슷한 것 같기도 하다.

뮤지컬이니 노래가 되어야 하고 라이브로 여섯 곡 정도를 불러야 하니 걱정이 이만저만이 아니었다. 비록 돈키호테는 체격이 날씬한 것은 '피터 우툴'과 비교된다. 영화는 끊어가며 촬영하지만 연극은 종횡무진 무대에 서야 한다. 아무튼 어떠한 공연이 될지 안갯속 같은 심정으로 두렵지만 풍차로 돌진하는 '라만차의 사나이'처럼 용기를 내어 연습에 들어갔다.

3개월간의 연습은 무척 힘들었다. 특히 동작이 많아 공연날 무대에서 쓰러질 것만 같은 생각이 들었다.

하지만 모처럼 찾아온 타이틀 롤인데 젖 먹던 힘을 다해 노래하고 싸우고 불의를 향해 돌진하며 꿈을 쫓는 사람처럼 공연날을 고대했다.

공연이 다가오자 내 얼굴이 크게 박힌 포스터가 롯데월드 그 넓은 매장에 나붙었다. 그리고 제작 규모를 자랑하듯 요란한 분위기였다.

알돈자에 이경미, 산초에 주용만, 여관집 주인에 정원중 배우들과 남경주, 이윤표 등을 비롯해 열정적으로 연습하는 모습은 정말 감동적이었고, 이들과 함께라면 두렵지 않았다.

첫날 드레스 리허설에 기자들이 초대되었다. 특별히 KBS '문화가 산책' 출연이 예약되었고, 대망의 준비를 끝내고 공연을 맞게 되었다.

가장 두려운 것은 공연평이었는데, 끝난 후 훌륭한 공연이었다는 찬사를 들으니 날아갈 것만 같았다. 그리고 예정대로 KBS '문화가 산책' 나의 삶에 대한 다큐와 함께 공연 소식을 40분 편성하여 우리 어머니까지 화면에 나갔으니 화제가 될 만했다.

돈키호테는 철학적 인물이라는 해석이 꼭 필요했다. 돈키호테를 희화화해서 평가하길 즐기지만 그의 돌출 행동은 불의를 보고 돌진하는 용기였고, 순수가 사라진 현대에 던지는 어떤 메시지였다. '라만차 기사 돈키호테'의 절규는 미치 리(Mitch Leigh)의 음악과 함께 크게 메아리쳤다. 나의 연극 인생에 큰 의미로 다가온 작품이었다.

_ 모노드라마 〈거꾸로 사는 세상〉

연극배우 20년 만에 모노드라마에 도전했다. 모노드라마지만 마네킹 보조 인물과 보조 배우가 필요했다. 40대에 배우 생활 20년 기념으로 공연을 준비했다.

역사는 이해 불가하게 흘러갔다. 민주주의와 통일에의 길은 참으로 어이없이 어긋나고 있었다. 독재자는 부하의 총에 종말을 맞이했고, 그 뒤를 이어 더 악한 자가 정권을 차지했다. 민주주의의 봄을 기다리며 싸워 온 민중은 6월 항쟁으로 또 하나의 독재자를 몰아내고 직선제 선거를 쟁취했다. 그러나 민주화의 봄은 민주 세력의 분열로 다시 원점이 되었다. 정말 어이없는 결과였다.

그러한 역사 앞에 나는 무언가 고발해야겠다고 다짐했다. 분하고 억울한 민족사에 어찌 이렇게 흘러가야 하는가 묻고 싶었다. 나는 6월 항쟁 당시 한 달을 거리에서 그 상황을 목격했기에 더욱 분했다. 그래서 펜을 들고 현실을 고발하기로 했다.

'거꾸로 사는 세상', 40년 싸워 온 절호의 기회는 물건너 가고 독재가 민중의 희생을 밟고 다시 등장한 현실 앞에 하늘을 보기 부끄럽고 희생된 영혼들에게 천추의 죄를 남기는 현실이 비통했다.

나는 연극하는 예술인이지만 그 시대를 살아오면서 진정 모두가 원하는 민주주의를 위하여 민중의 분노를 연극무대에서 거꾸로 가는 역사에 대한 물음을 던지기로 했다. 베르톨트 브레히트의 정신이 살아나는 그런 마음이었다.

공연이 다가오자 언론에서 뜨거운 반응을 보이기 시작했다. '최초의 정치 드라마'란 타이틀로 주요 일간지를 중심으로 보도가 나갔다.

첫날 심우성, 임진택 선생님이 공연을 본 후 격려와 응원을 보내 주셨고, 고 박재서 작가도 특별히 나를 격려해 주었다. 박조열, 유민영, 심우성, 노경식, 박정자 그리고 이병복 선생님은 프로그램에 글을 실어 격려해 주셨다. 또한 많은 젊은이들이 찾아와서 응원해 주었다.

_ 권병길이 저승풀이다

이병복 선생님은 특별히 종교적 색채를 나타내지 않으셨지만 불심이 깊은 분이었고, 동인제 단원들과는 인연이라는 울타리의 끈을 이어갔다. 광대라는 말을 좋아하셨던 선생님과 단원들은 이승의 인연이었다. 짧은 인생에 연극으로 몇십 년을 한 식구처럼 만났으니 그런 의미를 되새길 만하다.

선생님은 그렇게 얽히어 작품을 만들어 가는 단원들에게 장인 정신을 보여 주셨는데, 그 정신의 저변에 연극이 좋아서 모여든 사람은 누구든 다 필요한 존재요, 각자 몫이 있다는 생각으로 단체를 이끌어 가셨다.

내가 극단 자유에 입단하고 연출 선생님이나 대표님은 배우로서의 능력을 보시기도 했지만 그 길을 가고자 하는 자세를 중요하게 여기셨다. 극단 대표로서 중요한 것은 사람에 대한 신뢰와 능력이 기준이다. 오늘날처럼 필요에 의해 계약하고 끝나는 관계가 아니라 인간적인 신뢰와 성품, 능력 등 총체적 관계 속에 그에 걸맞는 역할이 기다리고 있는 것이다. 60년대에는 배우 지망생이 무척 많았지만 역할이 없어 쉬는 동안에는 극단 스태프로 자연스럽게 참여했다.

극단은 개성을 중요시한다. 선생님은 그 개성을 살피는 안목이 특별했다. 예술가의 안목은 보통사람과 분명 차이가 있다. 나는 작은 역부터 서서히 적응해 나갔다. 시간이 흘러 좀 서운할 때도 있었으나 두 분 선생님은 그런 마음을 다 알고 계셨다.

그런데 어느 날 극단에서 셰익스피어의 〈햄릿〉 작품을 하고자 할 때 이번엔 정말 작은 배역 한 번 하겠구나 했지만 의외의 역이 찾아왔다. 햄릿에 유인촌, 나는 클로디오스왕이었다. 이병복, 김정옥 선생님은 분명 어떤 관점이 있었던 것이다.

그것이 무엇일까? 왕으로의 풍채가 안 되는 왜소한 나를 선택한 것은 그분들의 관점이 있었기 때문이다. 연습 과정에서 그것을 알게 되었다. 나뿐만 아니라 모두 의외의 배역이 주어졌다. 박정자 선배는 작은 광대역이었고, 대형가수 윤복희 씨가 주제 음악 구음과 단역으로 왕의 시중을 드는 1인2역을 맡았다. 또한 오필리어엔 노래하는 한영애 씨를 선정, 과거의 상식을 벗어난 캐스팅이었다.

나는 연습 과정에서 권위 있는 카리스마를 보여 주기 위해선 목소리가 중요하다는 것을 알아차렸다. 체구는 별 문제가 되지 않았다. 의상이 있지 않은가.

나는 입단 후 많은 시선을 끌었다. 대표님이나 연출 선생님은 사람을 볼 때 주관을 갖고 있었지만 강요는 없었다. 이는 지극히 자유 의지를 존중했고, 그러한 방향이 옳다는 신념이었다.

정치적 소용돌이는 연극 활동을 허탈하게 만드는 경우가 많았다. 독재체제는 분명 예술인들을 무력하게 만들었다. 군부가 주름잡던 시기에 나는 오해를 받을 수 있는 인물이었다. 고향만 있었지 다른 이력은 내놓을 것이 없었다.

그러나 이병복 선생님은 〈저승풀〉이라는 글을 20주년 〈거꾸로 사는 세상〉 작품 프로그램에 보내 주셨다. 지나다 밟으면 밟히는 연약한 '저승풀'을 모아 놓으면 우아하지만 어떤 때는 뭇사람들에게 짓밟히는 잡풀이 되기도 한다.

"권병길이 저승풀이다. 그러나 그 풀을 우습게 보고 뿌리를 뽑으려고 들면 뿌리가 얼마나 깊이 박혔는지 저승까지 가야 한다"는 글이다. 이런 명문을 써주신 선생님이 갑자기 떠나신 것이 몹시 서운하고 그립다.

_ 셰익스피어의 〈한여름 밤의 꿈〉

영국의 셰익스피어 전문가인 패드릭 터커라는 유명 연출가가 한국에 왔다. 연극협회 초청 기획 공연으로 많은 배우들의 관심이 쏠렸고, 전 연기자를 오디션으로 캐스팅한다는 소문에 술렁댔다. 출연자가 많이 나오는 대작이고 유명 연출가에 대한 기대로 마침 다른 계획이 없던 나 역시 오디션에 참여하기로 했다.

오디션 보는 날 연극인회관에는 배우들이 많이 모였다. 연출가는 순서대로 배우를 소개받고 작품에 맞는 역할을 해 보길 원했다. 오디션 보는 중에 이미지에 맞는 배우들을 골라내기 시작했다. 내 차례가 왔다. 외형적으로 대략 짐작이 갔을 것이나 우선 노래를 불러 보란다. 어쩐지 좋은 역이 올 것 같은 기대 속에 목청껏 노래를 불렀더니 "굿!" 하며 엄지손가락을 치켜올렸다. 그리고 〈한여름 밤의 꿈〉 작품에서 중요한 '요정 퍽'을 같이 하자고 했다.

듣기로는 연극 전면에 나오는 아주 중요한 역이었다. 요정? 좀 낭만적인 역이라 생각하고 찬찬히 대본을 읽어 가는데 놀랍게도 아주 큰 배역이었다. '퍽'이란 역은 환상적이고 무대를 종횡무진 날아다니는 빠른 동작을 요하는 배역이었다.

연습은 매일 진행됐고 셰익스피어 전문가의 번쩍이는 연출 아이디어에 감탄했다. 쉴 새 없이 쏟아부어야 하는 디테일한 배역에 몸은 녹초가 되었다. 특별히 셰익스피어의 복잡한 구성은 많은 배역과 배역들이 얽히는 정말 환상적인 작품이었다.

나의 역은 더욱 그랬다. 무대에서 뛰고 재주도 넘고 내가 날아가면 받아주는 요정들이 있어야 했는데, 어느 날 연습 과정에서 나를 받아주는 장면을 연습하는 가운데 사고가 났다.

공연 이틀을 남겨 둔 연습 날, 내가 몸을 날릴 때 나를 받아줘야 할 친구가 나를 놓쳐 바닥에 뒹구는 일이 생겼다. 단단한 마룻바닥이었는데 그만 발을 헛디뎌 엄지발가락이 휘어졌다. 시간이 가면서 그 부위가 부어오르기 시작, 정말 있어서는 안 될 일이 발생했다. 퍽이란 인물은 발가락을 세워 날아다녀야 하는데 어쩌란 말인가?

집에 가서 얼음찜질을 하고 또 했지만 주위가 퉁퉁 부어올라 마지막 날 연습은 망쳤다. 그보다 더 염려되는 것은 내일부터 공연인데 앞이 캄캄했다.

드디어 공연 날이 왔다. 배우의 운명은 공연을 해야 하는 것이고 명예를 걸고 연기를 보여 줘야 한다. 들리는 소문은 표가 매진사례라고 하는데 꼭 나에겐 좋은 소식만은 아니었다. 드디어 나는 진통제를 먹기로 하고 첫날 공연을 사력을 다해 임했다. 그러나 공연은 최상이 될 리 만무했다.

이튿날 신문에 연극평이 실렸다. 순간 속이 까맣게 타들어가는 코멘트 기사를 보았다. 퍽을 맡은 권병길 씨의 움직임이 힘들어 보이는 연기가 아쉽다고. 누구를 원망할 수도 없었다. 그보다 더 큰 걱정은 앞으로 열흘 동안 공연을 해야 하는데 어찌하란 말인가?

공연 3일째 김대중 선생이 관람하러 왔다고 술렁거렸다. 나는 여러 가지 상황이 원망스러웠다. 언젠가 김대중 선생에게 연극배우라고 인사를 한 적이 있는데 선생의 대답이 "언제 좋은 기회에 공연을 보러 가겠다"고 한 말씀이 실현되는 것인지는 모르나 그때 생각이 스쳤다. 그러나 매 공연마다 아프지만 하늘이 무너져도 죽을 힘을 다해 공연을 하고 있었다.

공연은 시작됐고 애당초 무대장치를 할 때부터 언덕 장치와 무대의 깊이가 짧아 위험했는데 퍽은 언덕 위에서 재주를 넘어 언덕 아래로 내려가야 하는 장면이 있었다. 결국 염려했던 일이 터졌다. 내가 그만 객석 아래로 뒹굴어 떨어졌던 것이다. 객석에서 외마디소리가 들렸다. 난 정신없이 다시 무대로 올라와 공연을 계속했다.

열흘간의 공연은 스스로 부끄럼 없이 사력을 다했지만 한편 아픔을 남긴 공연이기도 했다. 쫑파티 날 대학로에 모여 즐겁게 파티를 하는데 난 더 이상 즐겁지가 않았다. 그래서 밖으로 나와 마로니에공원에 앉아 혼자 목놓아 울고 있는데, 지나가던 젊은이가 나를 보고 놀라 걸음을 멈추더니 자기가 술 한잔 사겠다고 하며 나를 술집으로 안내했다. 그에게 속상한 일을 말하며 술을 마시고 늦은 밤 헤어졌다.

안타까운 것은 그날 고마운 젊은이와 헤어지고 나서 연락을 할 수 없다는 것이다. 지금도 꿈을 꾸고 있는 것 같다.

_ 두 번째 모노드라마 〈별의 노래〉

인생은 외롭다.

사랑의 숨결이 살아 있는 옛 추억은 그 외로움을 채워 준다.

밤하늘의 별을 노래하듯 사랑의 노래는 가슴속에 숨쉬고 있다. 무대 위에 선 배우를 통해 진심 어린 노래를 듣고, 스크린를 통해 대중 앞에 다가간 배우들을 보고 감격하고 영화 속 음악들이 문득 생각나던 어느 날, 무대에서 그 모든 모습을 펼쳐보고 싶어졌다.

1968년 배우 김승호 선생님이 세상을 떠나셨다. 선생은 우리 시대의 영웅으로 존중받던 명배우다. 장례식이 거행되는 광화문 예총회관 앞엔 인간 드라마의 주인공들이 검은 옷을 입고 침통한 얼굴로 도열해 있었다. 그 애도의 물결을 지켜보던 사람들 속엔 꿈을 간직한 한 배우 지망생도 있었다.

고등학교 시절 연극반 친구들이 드라마센터에서 유진 오닐의

〈긴 귀향 항로〉 공연을 보고 아픈 몸을 원망했던 날이 생각난다.

명동예술극장에서 김동원, 장민호 선생의 〈오셀로〉를 보고 두 분의 원숙한 경지를 존경하던 어느 날도 떠오른다.

낙엽이 흩어지던 거리에서 스피커를 통해 들려오던 영화 〈꿈은 사라지고〉의 음악이 귓가에 머물고, 알랭 들롱의 〈태양은 가득히〉 테마곡에 젖어들기도 했다. 그리고 '별이 빛나는 밤에' 소개되던 영화 음악들이 지금도 아련하다.

그렇다. 이 모든 것을 무대에 담아보자. 그래서 나의 살아온 세계를 펼쳐 공감의 장을 만들자. 그래서 100년 전 숨을 몰아쉬던 위대한 예인들의 활동을 재연해 제의를 올려 보자며 준비를 했다.

〈별의 노래〉 세미 뮤지컬을 모노드라마로 꾸며 본 것은 20주년 〈거꾸로 사는 세상〉 이후 두 번째로 배우 생활 50주년 기념 무대였다. 이 작품에서 배우 권병길은 역사적인 배우들로 변신했다. 그중 1930년대부터 최고의 인기와 명연기자로 알려진 황철부터 이해랑, 김동원, 김승호, 김희갑, 허장강, 최남현, 최무룡, 신영균, 연출가 김정옥, 이병복, 추송웅, 커크 더글라스, 봉준호 감독까지 한 역사를 걸어온 모든 명인들이 등장하는 작품이었다.

방대한 얘기를 다 담아내기는 매우 벅찬 작업이었지만 작품 속 100년의 역사를 살아보고자 몸부림쳤다. 정말 우리 광대의 역사는 절름발이처럼 열악하게 전해져 온 것이지만, 그래도 피를 토하는 장인정신으로 시대의 예술혼을 불태워 대중에게 다가간 예인들의 길을 토해 내고 싶었다.

공연은 끝났다. 어쩌면 먼 옛날 얘기들이 젊은 사람들에겐 낯선 공연이 되었을 것이다. 아쉬움이 남는 공연이 맘에 걸리지만, 역사는 지워지는 것이 아니기에 좀 부족해도 직접 작품을 썼고 무대에 서서 존경하는 선배님들의 언저리로 가서 혼을 불러온 것이 마음에 위안이 되었다. 새 시대 연극과 영화의 역사를 관조하며 다시 이어지는 역사를 생각하게 한 기회였다.

_ 이청준, 김명곤과의 만남

영화 〈서편제〉의 주인공 김명곤 씨의 연락을 받고 작가 이청준 선생을 대학로에서 만났다. 함께 식사를 하면서 극단 아리랑의 차기 작품으로 〈조만득〉이라는 단편을 연극화하자는 것이었고, 같이 참여하자는 권유를 쾌히 승낙하는 자리였다.

1995년 50대 초반, 당시 나는 정을영 연출 방송드라마(스트라디 바리 문을 열어 주세요) 주연을 맡아 성공한 후 그 작품이 '캐나다 세계 드라마 페스티벌'에 출품되어 예선을 통과하고 본선에 기대를 했던 적이 있다. 그런 와중에 김명곤 씨를 만나 약속된 작품 〈조만득〉을 〈배꼽춤을 추는 허수아비〉로 제목을 바꿔 연습하기 시작했다.

그 해 그 시기는 서울연극제가 진행되고 있었는데 놀라운 공연 결과가 나왔다. 서울연극제 심사위원 24명 중 23명이 나의 연기를 인정, 주연상을 받게 되었고, 연출가 김명곤이 연출상을 받는 행운이 따랐다. 내 역할이 '과대망상정신분열증환자'였는데, 잘못하면 코미디가 될 수 있는 쉽지 않은 역을 아주 잘한 모양이었다. 극장은 연일 만원이었고 극장 안 여기저기서 흐느낌 소리가 들리는 특별한 공연이 되었다. 그 결과는 이듬해 동아연극상 연기상으로 이어져 뒤늦게 동아연극상 수상자 대열에 오르는 행운까지 따랐다.

1995년은 특별한 해였다. 변두리 셋방살이를 하다 아파트로 옮기게 된 것이 가장 행복한 일이었다. 집도 없이 떠돌다 작은 아파트에 입주하면서 또 한 번 연극에 매진할 수 있는 힘이 되었다.

그와 더불어 이청준 작가와 김명곤 배우와 만나 큰 성과를 얻은 해이기도 하고, 그 해 평론가들이 뽑은 최우수 배우로까지 선정된 것이다. '고생 끝에 낙'이란 말이 있듯이 나에겐 위로와 큰 기쁨이었다.

1995년이 더욱 의미 있었던 건, 평생 문화운동에 헌신하다 마흔에 세상을 떠난 권병홍 형님 추모식을 23년 만에 고향에서 올리게 된 것이다.

고향 유지들과 마을 사람들이 참석하였고 서울에서 김명곤 씨, 배우 이혜영 그리고 고향 후배 김기천이 참석하여 자리를 빛내 준 것에 대해 평생 고마운 마음을 갖고 있다.

_ 파리에서의 〈햄릿〉 공연

　우리는 파리 샹젤리제 거리에 있는 아파트형 룸에 여장을 풀었다. 우리가 공연할 극장이 가까이 있고 저렴하고 편리한 숙소였다.

　파리의 유서 깊은 롱쁘앙 극장은 낡은 목조 건물이었는데 층계를 오를 때 역사의 발자취가 느껴지는 묘한 생각이 들었다.

　극단 자유는 셰익스피어의 〈햄릿〉과 김정옥 작 〈노을을 날아가는 새들〉 두 작품을 공연하기로 했다. 〈햄릿〉을 공연하는 날 많은 프랑스인들과 현지 연극인들이 보러 왔다. 동방에서 온 극단이 셰익스피어의 〈햄릿〉을 어떻게 만들었을까 호기심이 작용했으리라. 우리 일행은 국내 공연을 마친 후였기에 더욱 앙상블에 열중했다.

　공연이 끝나자 관객들은 기립박수를 보내며 환호했다. 우리는 정중하게 커튼콜로 응답하며 흥분하기 시작했다. 공연장을 찾은 배우 윤정희 씨도 관객들의 반응에 상기된 얼굴로 다음 날 커피타임을 갖자고 제의했다. 이튿날 간단히 쇼핑을 하고 윤정희 씨와 약속한 장소에 갔다. 유서 깊은 오페라좌 앞에 동양인들이 서성이는 모습이 이채로웠다.

그 순간 왜 홍성기 감독의 〈길은 멀어도〉 영화 속의 로마와 파리가 떠올랐을까? 꿈이 현실이 된 느낌이었나? 그때 윤정희 씨가 바바리코트를 휘날리며 우리 쪽을 바라보고 손을 흔들었다. 멋진 만남이었다.

그날 윤정희 씨와 마주앉을 기회가 있었다. 스크린 스타를 가까이서 보니 감회가 새로웠다. 그리고 연극 잘 봤다는 인사와 함께 자신이 영화를 하게 된 동기와 지금은 연극을 하고 싶다는 속마음을 드러냈다. 테네시 윌리엄스의 〈욕망이라는 이름의 전차〉에 나오는 블랑쉬가 생각났다. 그 후 이창동 감독의 〈시〉를 통해 그의 농익은 연기와 더 좋은 작품을 하고 싶다는 기사를 보았다.

배우의 끝없는 욕망은 무엇인가? 그날의 배우들을 오늘 다시 생각하니 모든 것이 꿈만 같다.

_ 존경하는 선생님 그리고 연극과 함께한 우정

1974년 설레는 마음으로 극단 신협의 하유상 각색 〈윤지경전〉 연극 연습을 하게 되었다. 그때 연극계 신인이었던 나는 많은 출연진들을 만나게 되었는데, 어린 시절부터 영화 속에서 선망하던 배우들과 마주앉아 대사 연습을 했다. 박암, 최남현, 주선태, 박상익, 최삼, 최성관 그리고 김동원 선생님을 만나뵈니 신기하고 마음이 설레었던 기억이 난다.

김동원 선생님의 연극 연습 과정을 유심히 살피기도 했는데, 우선 선생님께선 대사 연습을 하는 과정에서 꼼꼼하게 연출가와 상의하며 대본을 고쳐 나가셨다. 늘 정장 차림으로 배우의 위상에 힘을 쓰시는 듯했고, 연습하실 때 500리터 우유를 들고 오시는 것을 보아 건강을 염려하신다는 생각을 했다. 그 후 선생님을 뵈면 늘 다정하게 맞아 주시고, 영화를 많이 하셔서인지

내 얼굴이 화면에 잘 받는다는 말씀을 꼭 해 주셨다.

　나는 눈만 뜨면 연극인들을 만났다. 연극인들이 자주 모이던 명동은 문화예술인들이 시대를 풍미하던 곳이었다. 명동은 예술의 메카였으며, 그 속에 낭만과 애환이 서려 있었다. 은성을 비롯한 옛집, 학사주점 그리고 이사벨, 르네상스, 카페 떼아뜨르, 은하수, 희랍다방 등은 예술인들의 아지트였고, 모든 예술은 명동으로 통했다.

　예술극장에선 연중무휴로 공연이 이루어지고, 출연을 기다리는 배우들은 다방에 모여 무료한 시간을 보냈다. 좌장이던 고설봉, 강계식 선생님이 들려주시던 연극인들의 얘기를 재미있게 듣곤 했다. "인생은 짧고 예술은 길다"라는 말을 실감할 수 있는 과거 얘기들이다.

　70년대 명동의 다방은 오사량, 김유성 선생님, 김길호, 이진수, 김완수, 문고헌 그리고 권성덕, 오영수, 권병길, 문회원, 태민영, 전국환 등 많은 연극인들이 거쳐 가는 정거장이었다.

　특히 명동예술극장이 증권투자회사로 넘어가기 전의 희랍다방은 마지막 추억의 장소가 되었다. 오사량 선생님은 외로우신 듯 늦게까지 자리를 지키시다 술집으로 향하셨다. 꼭 1차에 끝내지 않고 3차까지 나를 데리고 다니셨던 생각이 난다.

이진수 선배님

국립극단 초기에 목소리 좋은 배우로 알아주던 선배님이다. 연극을 쉴 때는 희곡 번역 작품을 남기기도 하고, 술을 좋아해 '단돈 2천 원'이라는 유행어가 따라다녔다. 선배님은 하루도 거르지 않고 소주를 마시는 바람에 배우로서 침체기가 있었는데, 생활이 어려워도 소줏값은 챙기되 두 사람이 마시면 돈이 좀 모자라 같이 마실 상대에게 "2천 원 있어?"라고 묻곤 했다. 그래서 조건이 맞으면 소줏집으로 향했다.

나는 본시 술을 못하는 사람으로 알고 울며 겨자 먹기로 끼워 주었다. 선배님과 나는 미움과 우정이 교차하는 상대였다. 내가 나타나면 "오! 김대중 오나?" 하고 시비를 걸었다. 그는 걸음걸이나 평소의 신념으로 보아 박정희맨이다. 만나면 정치 얘기로 의견이 분분했지만 결론이 나지 않았다.

어느 날 술을 마시다 "야! 권병길, 넌 말야 나보다 더 고집이 쎄. 나도 고집 때문에 이렇게 지내는데 넌 앞으로 고생 좀 할 거야." 이렇게 충고를 했다. 아무튼 이진수 선배님은 많은 일화를 남기고 말년에 박정희 역으로 브라운관에서 인기를 끈 후 원 없이 소주를 드셨다. 그땐 넉넉했던지 회 한 접시를 시켜 놓고 한두 점만 드시고 내게 먹으라고 계속 권했다. 그리고 집에 갈 땐 택시를 불렀다. 어딘가 순수했던 미워할 수 없는 이진수 선배님, 세월이 가도 때때로 그립다.

이호재 선배님

이호재 형님과는 세 번이나 같이 무대에 섰다. 젊은 시절 형님의 〈리어왕〉과 〈잉여부부〉 등을 보고 대사가 물 흐르듯 수려한 화술에 취하기도 했다. 체구도 크고 목소리도 좋고 호탕한 성품과 친화력이 뛰어난 모든 것을 갖춘 배우시다.

그러던 차에 이해랑 선생님의 마지막 작품 〈햄릿〉에서 첫 만남이 시작되었다. 만나자마자 친화적인 그분의 성품인지 소주를 같이 마시는 멤버로 끼워 주었다. 호암아트홀 부근은 술집이 마땅치 않았는데, 있다 해도 비싼 곳이어서 연극배우 처지로 간단히 즐길 수 있는 집은 극장 건너편 목판집(구멍가게)이었다. 소주 한 병에 안주로 삶은 계란이 전부였다. 연습이 끝나면 술도 못하는 나를 꼭 챙기면서 우정을 쌓아 나갔다.

그리고 세월이 흘러 세종문화회관 정기 공연작 〈민중의 적〉(김석만 연출)에서 만났다. 이호재 형님은 공연 때마다 "권병길, 무대에서 내가 너만 하겠냐" 하고 날 추켜세웠다. 늘 자신만만하니 남을 추켜 줄 수 있을 것이다. 그런데 신문에 〈민중의 적〉 공연에서 권병길(킬 역)은 실제 죽도록 얄밉게 연기를 잘했다는 기사가 실렸다. 그 후 가끔 술자리에서 만나면 나에 대한 우정을 드러내곤 했다.

그리고 박조열 작, 이성열 연출 〈오장군의 발톱〉에서 세 번째 만나게 되었다. 박조열 선생은 연습실에 와서 큰 역도 아닌데 내가 캐릭터를 잘 잡는다고 칭찬을 했다. 이 작품으로 그 해 '최우수 예술가상'을 받게 되었다. 형님을 만나면 내게 좋은 일이 있으니 자주 공연을 했으면 좋겠지만 세월은 꼭 그렇게 만만한 게 아닌 것 같다.

이호재 형님 연기 생활 칠순 기념공연을 위해 다시 만났다. 전무송, 윤소정, 김재건, 송도순, 이재희, 길해연, 장연익, 황정민, 지자혜 등과의 만남이 반가웠고, 놀라운 것은 후배 연출가들이 모두 무대에 찬조 출연함으로써 대배우의 면모를 보여 주었다.

이호재 형님이 예술원 회원이 된 후 만나기가 어려워 궁금하다. 늘 나를 추켜세워 주던 형님의 마음이 진심인지 술기운이었는지 알고 싶다.

호재 형님! 지금 어디 계십니까? 술은 있는데 인걸은 간 데 없네요.

권성덕 선배님

젊은 시절 명동에 나오니 권성덕 배우에 대해서 이런저런 소문이 들려왔다. 이진순 연출의 〈로물루스 대제〉에서 멋진 연기를 보여 준 배우라고. 그러던 형님을 먼발치에서 바라보곤 했는데, 어쩌다 다방에서 뵐 기회가 있으면 누구에게나 아주 겸손하게 대한다는 느낌을 받곤 했다.

권성덕 형님은 목소리가 아주 좋다. 나는 목소리가 좋은 분에 대해서는 은근히 신경을 쓰기도 하는데, 언젠가 형님이 나에게 논두렁의 자운영꽃을 아느냐고 물었다. 당연히 알지만 왜 물으셨을까 궁금했다. 혹시 '우리의 정서를 알고 싶으셨나?' 지금도 가끔 생각한다.

안동 권씨는 좀 드물기도 하고 항렬을 따지기도 한다. 어느날 안동 권씨 화수회에서 종친회에 참석해 달라고 연락이 왔다. 그래 성덕 형님에게 연락했더니 같이 가자고 했다. 생전처음 종친회에 가자니 쑥스럽기도 했는데 형님과 같이 가니 든든했다. 그러나 운명은 여기서 갈렸다.

입구에서 내 이름과 무슨 항렬이라고 묻더니, 갑자기 목소리를 높여 "여기 대부님이 오셨습니다" 하고 장내에 대고 크게 외쳤다. 그러자 머리 벗겨진 분, 배 나온 분, 한가락 하는 듯한 분들이 죽 줄을 서더니 나에게 허리를 굽히며 "대부님! 대부님!" 하며 명함을 내밀었다.

뒤에서 이 광경을 바라보던 형님은, 아무튼 그때부터 연세가 많은 권성덕 형님이 항렬로는 상대가 안 되는 한참 아래라는 사실을 확인하고 묘한 처지가 됐다. 하지만 형님과는 이런저런 이유로 가까이 지내며 등산도 가고 술자리도 함께하고 후배인 내게 참 잘해 주었다.

작품을 같이 할 기회를 찾던 중 극단 자유의 〈대머리 여가수〉

에서 만나게 되었다. 지금도 기회 있을 때마다 만나곤 하는데, 갑자기 건강이 안 좋아져서 고생하고 있다. 어서 빨리 좋아지기를 바라며 왕성한 연기로 옛 영광을 되찾기를 기대하고 있다.

백성희 선생님

선생님은 1925년에 태어나 열여섯 살에 빅터 가극단에 들어가 처음엔 무용을 배우시다 작가 함세덕의 권유로 배우로 출발하셨다. 1943년 함세덕 작, 안영일 연출 〈봉선화〉로 데뷔하시고, 2016년 세상을 떠나시기 전 배삼식 작, 손진책 연출의 〈3월

■ 백성희, 최은희 선생님과 함께

의 눈〉을 장민호 선생님과 열연하셨다. 그 후 400여 편의 작품을 남기고 떠나셨다.

선생님은 대학로에서 뵐 때마다 늘 반갑게 악수를 청하며 바른 말씀을 해 주셨다. 차범석, 권오일, 강유정 선생님들과 약주를 드실 때 몇 번 옆자리에서 연극계 얘기를 귀담아 들을 기회가 있었다. 낭랑한 목소리에 발음이 정확하고 연기의 정석을 보여 주셨으며, 후배들에게 모범적인 배우의 자세를 실천해 보이셨다.

선생님의 배우의 길은 험난하였다. 배우를 천시하던 시대에 엄격한 부모의 반대를 무릅쓰고 가출하다시피 하며 뜻을 굽히지 않으셨다. 어느 시대나 여성으로서 배우의 길은 험난했으나, 신념을 굽히지 않으신 백성희 선생님은 연극배우의 이정표를 세우시고 한 많은 무대의 삶을 마감하셨다.

최명수 선생님

선생님은 정치와 사회에 관심이 많았고 늘 교육자적 면모를 보여 주었다. 그리고 가끔 전화를 걸어 세상 얘기 하시는 걸 좋아했다. 목포에서 교사 생활을 하시다가 인물이 좋아 영화에 발탁되었고 당시 주연도 맡으셨다. 그 후 김정옥 선생님의 〈달걀〉에 출연했으며, 극단 민중극장 창단 멤버로 참여하셨다.

기독교 신앙심이 깊어 초동교회를 오랫동안 다니시다 말년에 향린교회로 옮겨 나와 같은 교회에서 신앙생활을 하셨다. 선생님은 통일의 염원을 안고 평양을 다녀온 후 통일운동에도 열정을 보이셨다.

심우성 선생님

우리 민속에 대한 신조가 특별하셨고, 이론과 실제를 대중에게 알린 분이시다. 특별히 통일에 대한 굿판을 펼치며 많은 공연을 하셨고, 언제 어디서나 그 신념을 절대 굽히지 않으셨다. 그리고 늘 나에게 조언을 아끼지 않으셨다.

노경식 선생님

전북 남원이 고향이신 선생님은 현재 대표적인 희곡작가시다. 선생님은 꼭 다뤄야 할 저항적 역사극을 쓰셨는데, 나는 선생님의 작품 중 〈달집〉, 〈하늘만큼 먼 나라〉 등을 좋아한다. 그리고 제2회 늘푸른연극제에서 선생님의 작품 〈반민특위〉에 캐스팅되어 참여했다. 최근에는 연극계 원로회 회장으로 노병은 살아 있음을 알리며 후학들을 격려하고 계신다.

추송웅 선배님

연극으로 관객들을 맘껏 즐겁게 해 주고, 연극이 타 장르에서 느끼지 못하는 특별한 예술 장르라며 몸으로 무대를 주름잡던 배우 추송웅. 그 시간이 너무 짧아 가슴이 멘다.

선배님은 몇몇 작품에서 무대를 독점하듯 신들린 연기를 보여 주었다. 〈빨간 피터의 고백〉, 〈동리자전〉, 〈세빌리아의 이발사〉, 〈도적들의 무도회〉, 〈빠담빠담〉 등의 작품으로 무대를 장악했다.

1984년 〈판타스틱스〉 뮤지컬에서 선배님과 만난 추억은 잊을 수 없다. 자장면 곱빼기를 3분 만에 처리하는 왕성한 식욕이 무색하던 건강은 어디 가고 세상을 떠나시다니….

삼일로 창고극장에서 그 해 크리스마스 기념공연에 최종원, 이혜영, 설도윤 그리고 나와 같이 추위를 녹이던 멋진 무대는 잊을 수가 없다.

배우 유인촌

배우 유인촌과는 이해랑, 김정옥 선생님의 〈햄릿〉에서 두 번 만났다. 햄릿의 대명사였던 유인촌은 수려한 외모와 성실한 면에서 누구에게도 뒤지지 않는 배우다. 극단 자유에서 〈햄릿〉 공연 연습이 시작되자 새로운 기를 모으기 위해 연습실에서 상남 집까지 마라톤을 하면서 체중을 빼던 그 노력에 감탄한 적이 있다.

공연 때 왕 역을 하던 나에게 막 뒤에서 엄지 척을 하며 격려해 주던 일, 해외 공연을 다니며 추억을 쌓아 온 유인촌은 내가 정치적 발언을 하면 정치에는 관심이 없는 친구였다.

유인촌은 대하기 편한 성격이다. 대인관계가 원만해서인지 방송노조위원장을 하고 장관을 하는 과정은 타의에 이끌려 궤도를 벗어났던 것이리라. 부러울 것 없이 모든 것을 갖춘 연기자인데 지금의 침묵을 깨고 다시 옛날로 돌아와 배우 유인촌을 만나길 바란다.

배우 이혜영

이혜영의 아버지 이만희 감독님의 〈만추〉라는 작품에 푹 빠졌던 나는 그녀와 〈판타스틱스〉에서 만났다. 첫인상이 상큼하고 솔직담백한 성격에 거침없이 다가왔다. 친화력이 뛰어난 그녀는 누구에게나 그렇다. 그녀의 〈사의 찬미〉, 〈캬바레〉, 〈폭군연산〉 등의 작품을 보고 아버지처럼 영화에서도 좋은 연기를 남기기를 고대한다.

어느 날 그녀는 상록수로 불리던 나의 형님 추모식에 사회자로 선뜻 나서주어, 김명곤 배우와 함께 청양까지 내려와 판소리 공연을 해 준 것에 늘 고맙게 생각하고 있다. 우연인지 이만희 감독님 추도회 사회를 내가 본 적이 있다.

박인환 형

옆에 있는 듯 늘 친근한 배우 박인환 형은 최주봉, 윤문식,

양재성 등 동시대에 충청도에 살았던 공통점이 있다. 그래서 그 시대 영화나 악극을 보고 정서적 교감이 있었을 것이다. 그러나 중앙대 동문도 아니고 극단도 달라 만날 기회가 많지 않았지만, 박인환 형은 나와 함께 〈따라지의 항연〉을 몇 번 공연했다. 말할 것도 없이 호흡이 잘 맞았고, 연극은 재미있게 흘러갔다.

배우 공호석과 조상건

배우 공호석은 민예 극단에서 오랫동안 연기를 한 동갑내기다. 그의 사생활은 깊이 모르나 열악한 생활 속에서 딸들을 잘 키웠다는 소문이다. 아무튼 존경과 부러움을 느끼게 한다. 조용한 호석과는 술자리도 못해 봤고 서로 쳐다만 봐도 연극하는 처지를 말없이 이해하고 연민을 느끼게 하는 친구다.

어느 날 내가 병원에 가서 검진 받을 일이 생겼는데 보호자가 없으니 대신 도와달라고 하자 두말없이 따라와 보호자 역할을 해 줘서 지금도 고맙게 생각하고 있다.

조상건도 나의 동기다. 등치가 커서 선배로 보는 사람이 대부분인데, 일부러 "이이 싱건이!" 하고 큰 소리로 부른다. 나는 가끔 어떻게 지내나 궁금해 전화를 하지만 이 친구는 한 번도 전화를 하지 않는다. 그래도 밉지 않고 건강하기를 바라는 마음이다.

배우 정상철, 김재건, 이문수

국립극단에서 오랫동안 활동하고 국립극단장 책임을 맡은 정상철은 넉넉한 인간성과 예리한 현실 감각이 뛰어난 배우다. 묵묵히 연극의 길을 걸어오면서 후배들의 사정도 살피고 선배들과 잘 어울리는 안정감을 주는 중형의 인물이다.

배우 김재건과 이문수는 꼭 필요한 성격 배우로 연극의 순수성을 지켜내는 찐 배우들이다. 또한 연극의 역사를 꿰뚫고 있는 조한희 씨와 늘 활동을 멈추지 않는 원영애 씨는 연극 지킴이다. 박팔영 씨는 연기자로 분장가로 바쁘게 활동하고 있다.

한편 청주에서 활동하다 서울 연극계에서 활동하기 시작한 장남수 후배는 만나자마자 세상을 떠나 못내 아쉽고 눈에 선하다. 사람은 한치 앞을 볼 수 없는 것이다. 대신 절친 주호성 배우가 대를 이어 오늘의 침체된 연극계에 불을 지피고 있다.

기국서와 채승훈, 오세곤 교수

연출가 기국서와 채승훈 그리고 오세곤 교수 등과는 서로 인생 담론을 나누며 지낸다. 작품은 하지 않았으나 늘 형 동생처럼 지내며 미래의 연극계를 지고 갈 것이라는 믿음을 갖고 있다.

구히서, 정중헌 이사장님

신문사 문화 담당을 하면서 연극을 좋아하고 때론 날카로운 비평으로 연극을 사랑하는 구히서 선생의 연극계의 공과는 아주 크고 기념 되는 공적이 있다.

또 한 분 정중헌 이사장님은 '생활연극협회'를 만들어 연극의 생활화뿐만 아니라 연극의 저변 확대에 힘을 쓰신다. 타 문화에도 정통하지만 연극에 대한 관심과 사랑으로 연극계의 활로를 열어 나가는 데 힘을 쏟고 계신다.

작품을 함께한 연극계의 이해랑, 김정옥 선생님의 가르침을 받아 온 오십여 년의 세월과 연극 인생을 같이한 연출가 또한 오십여 분 가까이 되니 마음 뿌듯하다.

이해랑 선생님

선생님의 마지막 작품 〈햄릿〉에 출연하게 되었다. 자주 뵐 수는 없었지만 그동안 몇 번 연극을 같이 하자고 하셨다. 연극계 대부이셨던 선생님의 청이 기쁘기도 했다. 물론 작품은 셰익스피어의 〈햄릿〉이었다. 선생님은 근대 연극의 역사시다. 그런데 이 작품이 마지막이 될 줄 누가 알았겠는가?

평소에 맥주를 좋아하신다는 소문대로 맥줏집에서 선생님과 함께한 적도 있고, 빨간 딱지 말보로 담배 심부름까지 인연이 있었다. 연극의 본격적인 출발도 선생님이 세우신 극단 신협에서 시작했으니 이 역시 지나칠 수 없는 경력으로 남게 되었다.

김정옥 선생님

연극배우로서 긴 세월 동안 김정옥 선생님의 가르침을 받았다. 극단 자유를 이끌어 주시고 근 50년의 세월을 선생님과 단원들과 백여 편의 작품을 함께했다. 결과는 연극이 삶인지 삶이 연극인지 구분할 수 없는 세월이었다. 김정옥 선생님의 집단창작은 연출과 배우의 신뢰를 바탕으로 꾸며져야 하는 작품 세계이니 어쩌면 가족 이상이었다.

쉴 새 없이 작품 활동을 하신 선생님은 세계 연극사에도 이름이 새겨진 역사가 되셨다. 구순의 연세에 연극 연출을 더 하시겠

■ 김정옥 선생님과 오영수 배우

다는 의욕에 놀라울 뿐이다. 선생님은 나를 배우로 성장시켜 주셨고, 사는 동안 문화의식과 삶의 지혜를 주신 분이기에 감사드린다. 더욱 건강하시고 오래오래 연극계를 지켜 주시기를 바라는 마음이다.

무대미술가 이병복 선생님

극단 자유 대표이셨던 이병복 선생님은 내게 제2의 사회적 인생의 길을 걷게 해 주신 분이다. 선생님은 장인정신의 표본이었고, 절대적 예술지상주의를 따르신 분이다. 그리고 이화여대 영문과를 나와 프랑스 소르본느대학에 유학하셨다.

거슬러 올라가면 1948년 여인 소극장에서 박노경 선생님과 활동하다 6·25를 맞아 헤어지는 아픔을 겪으시고 동료들이 남북으로 갈리는 비극도 안고 계셨다. 세계무대예술가협회 미술상을 받으시고 우리 연극계에 무대미술과 무대의상을 격조 있게 창작하신 존경받는 선생님이시다.

처음 선생님을 대할 때 엄격한 분위기에서 어떻게 극단 생활을 할 수 있을까 내심 걱정했는데, 시간이 지나면서 배워야 할 것들이 많고 극단 자유에서 살아남아야 한다는 운명을 알게 해 주셨다. 이병복 선생님께서 만드신 의상은 단순한 의상이 아니요 하나의 작품을 입는 것이라는 자부심을 갖게 했다.

이제 처음 연극을 시작하던 때부터 추억 여행을 하려고 한다.

배우학원을 다니던 시절 연극을 하자고 제의한 분은 한양대 연극영화과를 졸업한 **박완서 선생**이다. 성품이 소탈한 박 연출님이 차범석 작 〈불모지〉(68년)를 하자고 했다. 건강의 수렁에서 겨우 빠져나와 배우의 꿈을 꾸고 있을 때 〈불모지〉란 작품은 마치 활화산처럼 나의 내면을 뜨겁게 했다.

주인공 최 노인의 옹고집과 신세대 자식들과의 갈등을 격정적으로 무대에서 표현할 수 있는 작품이었고, 3개월 연습을 해서 단 하루 공연이었지만 첫 작품의 감회가 밀려왔다. 그 후 두 번째 작품으로 유진 오닐의 〈긴 귀향 항로〉를 같은 대학 출신인 **이상우 선생**의 연출로 연습하게 되었다.

나의 어린 시절부터 동경하던 배우의 꿈은 고등학교에 들어가서 이어졌다. 학교에 입학하자마자 제1회 '전국고교방송드라마경연대회'가 있다는 소식에 연극반은 술렁였고, 방송드라마 연출가이신 **백전교 선생**이 초대되었다. 그리고 주인공 노역에 내가 뽑혔지만 결과는 다른 선배에게 돌아갔다. 그러나 다른 역으로 참여하면서 많은 화술 공부를 하게 되었다. 주태익 작, 백전교 연출의 〈고갯길〉이다.

최현민 선생을 만난 것은 극단 신협의 하유상 각색 〈윤지경전〉(74년)에서였다. 깊은 주름에 곱슬머리, 강한 경상도 사투리로 열정을 쏟던 선생은 배우들의 신기를 이끌어 냈다. 〈윤지경전〉은 미국 도서관에서 작가 미상으로 발견된, 〈춘향전〉과 구성이 비슷한 작품이었다. 최현민 선생은 영화 연출도 하고 작품도 쓰시고, 당시 천승세 선생의 〈만선〉을 연출하여 크게 화제가 되었던 분이다.

배우 출신 **박암 선생**과는 한노단 작 〈신바람〉(74년)을 명동예술극장에서 두 번째 공연으로 이어지는 기회를 얻었다. 그리고 낭만적인 유랑극단을 떠나듯 여수, 순천, 광주 공연을 신바람 나게 다녔던 추억이 있다. 최남현, 주선태, 박암, 박상익 선생님과 김흥우 교수님을 비롯한 신·구세대가 얽혀 70년대 중반을 지났다. 여기서 밝히고 싶은 것은 툇마루에 앉아 대사 한 마디 없는 최남현 선생의 무언의 연기가 압권이었는데, 갑자기 무엇을 보고 벌떡 일어나 응시하는 모습은 고목나무를 연상케 한 짙은 마임이었다.

김하세 연출가는 꼭 하고 싶은 작품이라며 윌리엄 샤로얀 작 〈동굴 속의 사람들〉을 하자고 제의했다. 이 작품은 실험극장에서 공연되었지만 배우로서 한번 욕심을 내보고 싶은 역들이다.

나는 이 작품에서 대왕 역을 맡게 되었는데, 한국일보 소극장을 대관하여 공연을 했다. 당시 차범석 선생님이 관람하시고 나에게 감정이 풍부한 배우라고 칭찬을 하셨다는 말씀을 동료 배우를 통해 들었다.

그 후 '제1회 에저또 젊은 연극제'가 열렸다. **박찬석 연출가**는 엄한얼 작 〈춤추는 인형들〉을 가지고 연습에 들어갔다. 시적인 언어로 작가의 베트남전쟁 경험을 살려 구성한 작품이었는데 출품작 중 가장 좋은 작품이라는 평과 함께 신문에 실렸다. 박찬석 연출가는 장래가 촉망되었지만 그 후 연극계를 떠나 아쉬운 생각을 지울 수 없다. 노영국, 김진구 그리고 내가 출연했다.

지금은 고인이 된 **조민 연출가**에 대해 더듬어 보겠다. 나와 나이도 비슷한 한양대 신문방송학과를 졸업한 열정적인 사람이었다. 머리도 좋고 무슨 일이든 추진력 하나만은 남이 부러워할 정도였다. 초창기에 우리는 연극 동지였다. 1969년 대외적으로 연극 공연을 시작했는데, 명동 카페 떼아뜨르에서 소극장 연극을 하던 시절 그와 나는 '기적극회'를 조직하여 명동 중국학교 건너편 성보빌딩 지하에 성보다방을 빌려 김석야 작 〈즐거운 수난기〉를 무대에 올렸었다. 코미디물로 당시 한창 인기 있던 정소영 감독에게 데뷔한 〈잊혀진 여인〉의 김미영과 〈아빠와 함께 춤을〉의 이영옥을 출연시켜 화제를 낳기도 했다. 그 후 조민 씨와 나는 의기투합하여 안데르센 원작 〈즉흥시인〉과 에릭 시걸의 〈러브 스토리〉를 한국일보 소극장에서 공연했다. 명동예술극장에서 공연할 수 있는 정단체가 아니어서 한국일보 소극장에서 비싼 대관료를 지불하고 공연을 할 수밖에 없었다. 당시 제작비가 부족해 전당포 신세를 지기도 한 젊은 시절의 얘기다. 그러나 공연 후 구희서, 신세영 기자님의 관심으로 기사화되기도 했다.

그 후 나는 더 큰 극단에서 배우기 위해 극단 신협에 입단했다. 그리고 신협이 소극장을 만들면서 일주일 프로그램이 정해져 공연을 하게 되었다. 그때 배우 이덕화, 문숙 등을 만나게 되었고, 내가 출연한 작품은 **고학찬**(전 예술의전당 사장) 연출, 이재현 작 〈병사들의 합창〉이었다.

이윤영 연출가와 만난 것은 1975년 극단 자유에 입단하면서다. 극단 자유는 괴테 원작 〈파우스트〉를 명동예술극장에서 공연했다. 파우스트 역은 오영수 배우가 맡았다. 그 후 세월이 흘러 오영수 형은 세계적인 골든글로브상을 받은 영광의 배우가 되었다. 지금도 가끔 70대 〈파우스트〉를 한 번 더 하고 싶다는 말을 듣기도 한다. 그렇다면 나는 메피스토 역을 하고 싶다.

극단 자유는 김정옥 선생님이 상임 연출이셨고, 제자 최치림 님이 활발하게 연출을 했다. 그때 나는 솔제니친 원작 〈여인과 수인〉에 출연하여 **최치림 연출가**와 첫 대면을 하게 되었다. 구수한 경상도 사투리에 친화력이 뛰어난 분이었다. 작품이 대작이어서 많은 배우가 필요해 극단 가교 식구들과 합동 공연처럼 한여름에 분장실에 대형 선풍기를 틀고 시베리아 추위를 표현하기 위해 겨울옷을 갈아입고 공연하던 생각이 난다.

이어서 나는 사무엘 베케트 작 〈승부의 종말〉을 오영수, 장건일 선배 그리고 김정 씨와 함께 삼일로 창고극장에서 공연했다. 그러나 한창 활동하던 최치림 연출가는 극단을 떠났다가, 30년 후 다시 돌아와 베이징 연극제에 김정옥 작 〈꽃 물 그리고 바람〉을 함께 공연하게 되었다. 여기에 주호성 씨가 예술감독으로 참여했다.

또한 잊을 수 없는 연출가는 실험극장에서 〈에쿠우스〉로 이름을 날린 **김영렬 연출가**다. 그는 카리스마로 특별히 각인된 사람이다. 만남은 짧았지만 로벨 토마 작 〈그 여자 사람잡네〉와 〈제2의 총성〉을 공연하고 방송국 생활에 전념하게 되었다. 정말 능력 있는 연출가였다.

세월은 흘러 나 역시 연극계 언저리에 이름을 올려놓는 배우로 성장했다. 어느 날 극단 성좌의 **권오일 선생님**이 이강백 작 〈봄날〉을 하자고 급히 연락을 하셨다. 그 작품은 오현경 선배님의 대표작이고 유명한 작품인데 오 선배님의 사정으로 나에게 역을 맡아 달라고 했다. 공연 보름을 남겨두고 출연을 제의하여 많은 고민 끝에 연습에 돌입했다. 기존의 출연진은 그대로였고 짧은 연습을 거쳐 재공연했던 기억이 난다. 공연이 끝난 후 뒤에 들은 얘기인데, 주인공 아버지의 개성을 잘 살렸다는 호평을 들어 나름 보람을 느꼈다.

여인극장 **강유정 선생님**을 만나게 된 것은 이현화 작 〈키리에〉(97년)에서였다. 이 작품을 문예극장에서 공연하고 갑자기 미국 공연을 떠나게 되어 뉴욕, 댈러스, LA에서 〈특별 청문회〉라는 제목으로 순회공연을 했다. 이때 처음 미국 땅을 밟게 되었는데, 고인이 되신 선생님 생각이 지금도 가끔 난다. 평생 동분서주하시던 모습이 눈에 선하다.

극단 자유의 공연은 연중무휴로 이어졌다. 〈흑인 창녀를 위한 고백〉, 〈어디서 무엇이 되어 만나리〉, 〈대머리 여가수〉, 〈무엇이 될꼬 하니〉, 〈따라지의 향연〉, 〈피의 결혼〉, 〈바람 부는 날에도 꽃은 피고〉, 〈노을을 날아가는 새들〉 등 그리고 재공연도 계속 이어지니 어떤 작품은 일 년에 여섯 번씩 공연하고 눈 깜짝할 사이에 한 해가 가는 연극의 전성기를 맞고 있었다.

또한 2년에 한 번 해외 공연까지 생각하면 정신없이 지나가는 세월을 잡을 수가 없었다. 이는 극단 대표 이병복 선생님과 김정옥 선생님의 힘이었지만, 김 선생님은 대학 강의와 ITI(국제극예술협회)의 일까지 눈코 뜰 새 없이 바쁘게 극단을 이끄시며 단합된 극단 모습으로 70~80년대를 지났다. 그 와중에 나는 외부 연출가의 새로운 작품을 만나는 계기도 있었다.

연극협회 초청으로 영국의 셰익스피어 전문 연출가 **패드릭 터커 씨**의 〈한여름 밤의 꿈〉에 출연하게 되었다. 공연은 성황리에 끝났고 정말 많은 것을 배운 기회였다.

이어서 극단 자유의 초청으로 프랑스의 **아젠 코트 연출가**가 내한하여 〈도적들의 무도회〉라는 정통 코미디 공연을 호암아트홀에서 하게 되었다. 의상도 프랑스에서 공수해 와 연극적 재미를 실감나게 살린 작품인데 박인환, 최수종, 박순애, 윤주상을 초대해서 극단 자유 배우들과 함께 공연했다. 여기서 배역 중 듀퐁 부자 역이 있었는데 윤주상은 나보다 나이가 아래인데 아버지 역을, 나는 아들 역으로 재미있게 공연한 기억이 있다.

연출가 **문고헌 선배님**은 오랫동안 인연이 닿지 않았는데, 크리스천인 그분의 초청으로 어느 날 성극 〈유다의 십자가〉를 하게 되었다. 원로 고설봉, 강계식 선생님을 모시고 세종문화회관 별관에서 공연했다.

그리고 꼭 연출을 받고 싶었던 **정일성 연출가**를 만나게 되었다. 윤대성 작 〈출세기〉를 배우협회 기념공연으로 올렸다. 구봉광산 광부매몰사건을 극화한 작품이었는데 그 작품의 배경이 나의 고향 청양의 구봉광산이라는 사실이다. 한 가지 기쁜 것은 극단 민예의 정현 배우, 실험극장의 이승호 그리고 윤여성, 윤석화, 길용우 배우 등과 오랜만에 합동공연을 했다.

드디어 내가 바라던 **김석만 연출가**를 〈민중의 적〉에서 만나게 되었다. 서울시립극단 대표 김의경 선생님이 대표로 계실 때 박봉서, 여무영, 윤주상 그리고 이호재 선배님과 강애심, 한참 커가는 강신구 배우 등과 보람 있는 공연을 했다. 나는 작품에서 '킬' 역을 맡아 열연했는데, 섬세한 연출이 돋보이는 작품이었다.

1990년대에 들어 극단 자유의 틈새 공연이 자주 있을 때 **김명곤 배우**를 만나게 되었다. 김명곤 씨는 극단 아리랑 대표였는데 자신이 연출할 목적으로 당시 영화 〈서편제〉로 유명한 작가 이청준 선생의 단편 〈조만득〉(95년)을 연극화하자고 했다. 낯선 젊은 배우들을 만나 처음엔 좀 당황스러웠다. 왜냐하면 극단 자유의 대선배님들과 공연을 많이 해서 그랬던 것 같다. 그러나 결과는 매우 보람 있었다. 원제는 〈조만득〉인데 제목을 〈배꼽춤을 추는 허수아비〉로 바꿔 공연했다. 어찌됐든 이 작품은 당시 모든 연극상을 받는 쾌거를 올렸고, 관객은 공연 내내 만석이었다.

어느 날 원영애라는 배우가 찾아와 자신이 꼭 하고 싶은 독립운동가 정정화 여사의 일대기 〈장강일기〉를 같이 하자고 했다. 연출은 외국에서 공부하고 온 **윤우영 연출가**이고 조상건, 허연호 등과 준비했다. 고은 선생이 지어 준 〈치마〉라는 제목으로 공연했다.

이렇게 젊은 연출가들을 연이어 만남으로써 나 역시 젊어지는 듯했고 보람도 있었다. 그중에 오고가며 만났던 **최용훈 연출가**와 작품을 하게 되었다. 그것도 어린 시절 즐겨 보던 악극을 하게 되었는데 제목이 〈나그네 설움〉이었다. 백년설 선생이 부른 〈나그네 설움〉을 내가 부른다는 것이 한편 기쁘기도 하고 향수를 느끼게 했다. 최용훈 연출가는 유연했다. 신파조 연극을 경험해 보지 않은 그는 연습 때 나에게 경험을 살려 극을 이끌어 나가도록 했다. 또 지방공연까지 하게 되었는데, 어릴 적 악극을 보고 자란 내 고향 청양까지 가서 60년 전의 어린 시절을 생각하며 열연을 했다.

장두이 연출가는 박정자 선배님 기념공연 〈19 그리고 80〉을 연출했다. 정미소극장 공연에선 박정자, 권병길, 예수정, 전국환, 이재희, 윤다경 그리고 이종혁 배우가 젊은이 역을 맡아 열연했다.

러시아에서 공부하고 온 정열적인 **전훈 연출가**와는 안톤 체호프의 〈청혼〉을 공연했다. 그리고 이 시대의 귀재 **박근형 연출가**를 만났다. 나는 당시 영화 촬영으로 무척 바빴는데 후배들과 함께 작품을 하자는 요구를 기꺼이 받아들였다. 이강백 작 〈맨드라미〉인데 아주 편안하고 재치 있는 연출이라는 것을 연습을 통해 느꼈다. 이인영, 고수희, 최정우 등과 같이 출연했다. 공교롭게도 〈맨드라미〉 뒤풀이는 나의 환갑 기념 종파티가 되었다. 사실 이 날을 숨기고 싶었는데 누군가 "선생님, 오늘이 생일이시지요?" 하는 바람에 깜짝 놀랐다.

명동예술극장이 재개관되고 언제쯤 무대에 서서 옛날의 추억을 되새겨보나 하던 차에 **이성렬 연출가**의 전화를 받았다. 박조열 작 〈오장군의 발톱〉을 공연하자는 것인데 '내가 할 역할이 있을까?' 하고 의문을 가졌었다. 그런데 이호재 선배님과 호흡을 맞추는 역이라고 하여 더욱 궁금했다. 역시 특별한 역은 큰 역에만 있는 것이 아니고 동쪽나라 사령관에 이호재, 서쪽나라 사령관을 내가 하면서 중간에 우체부 역까지 1인2역을 주문했다. 오랜만에 이호재 선배님과 젊은 배우들과의 만남이었으나 작가 박조열 선생님의 유작으로 남게 된 이 공연은 못내 아쉬운 작품이 되었다.

이호재 선배님과의 인연은 계속 이어졌다. 호재 형님이 칠순이라니, 그 화려한 젊은 연기를 볼 수 없다는 말인가? 그러나 그것은 기우였다. 55년 전 고등학생 시절로 돌아가 학창시절의 역을 하게 된 작품은 극작가 이만희의 〈그대를 속일지라도〉였다. 연출은 역시 외국에서 공부하고 온 **안경모 연출가**였는데 이호재, 전무송, 윤소정, 권병길, 김재건, 송도순, 지자혜, 이재희 등과 젊은 배우들로 길혜연, 장연익, 황정민과 함께 출연했다. 기획은 컬티즌 대표 정혜영이 맡고, 또한 젊은 연출가들이 특별 출연하여 모두 학창시절로 돌아가는 퍼포먼스를 재연한 것이 흥미로웠다. 중고등학교 교복만 입고 나온 것 자체가 원로 배우들에겐 더없는 행복을 느끼게 했다.

다시 1990년대 초반으로 되돌아가고 싶다. 그것은 세르반테스의 〈돈키호테〉라는 흥미로운 작품을 만날 수 있기 때문이다.

정극에서는 활동이 뜸하던 **이상춘 연출가**가 오랫동안 준비해 온 〈돈키호테〉에 돈키호테 역으로 나를 생각하고 찾았다는 것이다. 그런데 처음에 망설였던 건 노래를 라이브로 여러 곡 부르고 종횡무진 무대를 휘어잡아야 하는 집중력과 움직임이 두려웠기 때문이다. 당시 일주일에 한 번 북한산 등반을 하면서 체력을 키워 온 것이 작품에 출연하게 된 힘이 되었다. 나는 곧 해박한 연출가의 이론에 끌려 들어갔고, 내 인생의 대표작이라는 평을 들을 정도로 사활을 걸었던 작품이다. 이태섭 무대와 최순화 의상이 빛이 났다.

연극 공연은 기복이 많았다. 예순에 접어들자 작품이 점점 줄어들었다. 오히려 나는 건강이 더 좋아지고 의욕도 더욱 용솟음치는데. 그러던 차에 방송국 생활을 수십 년 해 온 극단 신협 전 세권 대표가 평소 친하게 지내는 무대 디자인과 인테리어의 대가 장석은 대표와 무비하우스라는 카페를 만들어 살롱 연극을 하자고 제의했다. 작품은 연극평론가 박정기 선생이 쓴 〈사진 속의 젊은이〉이고 한 시간 정도 소요되는 중편 연극이었다. 장 연익 배우와 호흡을 맞춰 공연했다. 박정기 선생은 하루도 빠짐 없이 연극을 보면서 배우들에게 용기를 주었다.

이렇게 세월은 내리막길로 내려가듯 연극계 분위기도 젊은 배우들의 세상이 된 듯하다. 그도 그럴 것이 50년의 세월이 다 가오는데 산천이 다섯 번 변하듯 연극계도 가만히 있겠는가?

그러던 어느 날 김선화 배우와 촛불시위 현장에서 우연히 만났는데 차범석 선생의 〈산불〉을 같이 하기를 원했다. 그 말을 들으니 젊은 시절 하고 싶어도 기회를 못 잡은 김 노인 역이 나를 기다릴 것이라는 생각에 쾌히 승낙하고 동작구에 있는 연습장으로 갔다. 듬직한 **윤현식 연출가**를 만나고 보니 극단 맥토 윤여성 선생의 자제라는 말에 놀랍기도 하고 한편 반가웠다.

이어서 윤현식 연출가와 〈홍시 열리는 집〉, 그리고 김정숙 작가의 작품을 같이 했다. 한편 성남아트센터 초청공연 때는 이재명 성남시장이 와서 격려해 주었다. 〈산불〉과 〈홍시 열리는 집〉 출연진은 김선화, 오민애, 김은경, 류진원, 김광주, 이애경, 김희경, 장지은, 김연진, 김영서, 반민정, 하인환 등 젊은 배우들과 함께 즐거운 시간이었다.

이제 연극계는 젊어지고 있다. 원로와 중견, 젊은 배우들로 자연스럽게 구성되어 가고 있다. 한 시대를 풍미하며 한편으론 화려하면서 또 한편은 새로운 선후배의 질서가 재편되는 듯하다. 새로운 싹이 트기 위해서는 기존의 낡음은 없어지기도 하고 좋은 점은 이어져야 한다. 각자도생하듯 공연은 수십 개의 극장에서 막이 올라가고 있지만 왠지 위태하기도 하다. 이는 연극학도가 밀려오는 대학로의 과도기 현상일 것이다.

그러던 차에 '늘푸른 연극제'를 제정해 평생 연극에 몸 바친 70대 중반이 넘은 분들을 대우한다는 취지로 매년 세 분의 원로 선생님들을 모시고 작품을 공연하는 제도가 생겼다. 거기에 참여하게 된 작품은 노경식 작가, 김성노 연출의 〈반민특위〉로 아르코극장 무대에서 공연했다. 오랜만에 만나는 정상철, 이인철, 김종구 배우들과 극단 동양극장 배우들이 함께한 의미 있는 사회 드라마였다.

이렇게 선생님들과 연출가들과 함께 작품을 하며 동료 배우들과 희로애락을 나눈 세월이 50여 년을 지나고 있다. 그러나 묵은 세월 속에 인생은 영글어 가는 것이 아니겠는가.

내가 연극계에 들어서면서 큰 산과 같았던 박진, 서항석, 유치진, 이광래, 이해랑, 이진순, 이원경, 김동원, 차범석, 장민호, 백성희 선생님을 뵙고 김정옥, 이병복, 임영웅, 유민영, 김의경, 강유정, 김동훈 선생들과 교류한 세월은 정말 아름다운 시간이었다. 주마등같이 흘러가는 긴 인생 항로는 길기도 한 듯 짧기도 한 듯 꿈처럼 흘러가고 있다는 상념에 젖어 본다.

■ 거리를 헤매다, 제임스 딘을 만나다

3부

연극의 길에 들어선 지 50년

_ 결코 쉽지 않았던 배우의 길

배우에겐 자신만이 아는 배우술이 있다. 그래서 남이 몰라줘도 끝까지 그 길을 간다. 성격 배우 윤여정은 모두가 부러워하는 오스카상을 받았다. 배우의 연기는 어디서 누가 어떻게 보느냐에 따라 다양한 결과로 나타난다.

배우가 연극을 하고 싶어하는 욕망은 표현의 갈증이다.

문학가는 혼자 글을 써서 자신을 산화하고, 화가는 자신의 영혼을 화판에 옮기고, 음악가는 악상을 외롭게 오선지에 떠올린다. 그러나 연극은 집단예술이며 공동체라는 특성이 있고 배우는 선택되어야 하는 과정이 있다.

극단 자유는 단원들에게 적절하게 기회를 주었다. 더구나 사생활은 서로 존중하며 최대한 간섭을 자제했다. 그런 점에서 '자유'라는 단체 이름에 걸맞는지도 모른다. 단원들의 생각은 다 다르나 통합의 리더십이 뛰어난 극단이었다.

작업을 하다 보면 어쩔 수 없이 행정 명령에 따라야 한다. 크게 말하면 정치라는 속성은 예술의 존재를 자신의 체제 안에 가두기를 원한다. 특히 독재체제에선 더욱 그렇다. 그러나 예술의 표현은 자유로울 때 진정 창작의 자유가 증명된다.

7, 80년대 독재체제가 극심했을 때 시민과 사회, 종교계의 저항이 있었고, 예술과 문학은 작품으로 때론 집단적 혹은 개인으로 저항했다. 그 과정에 수사기관에 끌려가 조사도 받고 고문도 당하고 불이익을 감수하기도 했다.

나 역시 그 시대 극단에 소속되어 있었고 극심한 공안 정국일 때 극단은 단원들에게 행동 규칙을 환기시키지 않았다. 개개인의 프라이버시에 해당하는 문제이기도 하고, 파시스트 정권의 속내를 미리 꿰뚫고 있었을 것이다.

나는 연극인으로 나름의 저항을 시도했다. 독재시대는 나의 본격적인 연극 작업의 세월과 같이 갔다. 나는 조직적 인맥을 형성할 수 없는 사람이었지만 멈출 수 없는 양심의 소리를 거부할 수 없었다. 그러한 시대를 관통할 때 유일한 공동체 극단 자유의 생활은 조심스러웠다.

극단 자유의 광대론은 세상을 보는 안목과 일치한다. 이는 셰익스피어의 연극 세상론과도 궤를 같이한다. 극단 김정옥 연출가는 시대를 읽고 인간들의 속성을 연극으로 표현하기를 즐겼다. 선생은 집단 창작 속에 인간의 탐욕과 갈등 혹은 페이소스를 담아

정치적 모순을 풍자하며 저항했다.

작품에 참여하는 나는 밖으로 돌면서 시위도 하고 때론 형사가 찾아와 나의 소속과 활동을 조사해 간 일도 있었다. 그 후 자연히 극단의 눈치를 보게 되었고, 혹 극단에서 버림받지 않을까 노심초사했었다.

하지만 작품으로 저항하던 극단이 내겐 위안이 되었다. 만일 극단이 내가 서 있을 수 있는 자리를 배제시켰다면 낙수 인생이 되었을 것이다.

이렇게 부당한 정치체제 속에 그날 그날 살아가야만 했던 세월은 정말 견디기 힘들었다. 연극계에 많은 극단이 있고 연극은 연중무휴로 공연되고 있었지만 나에게 손짓하는 극단과 개인 연출가는 거의 없었다. 소속된 단체의 작품이 나를 영화와 방송으로 이어주어 간신히 생계를 이어나갔다.

그렇게 50년 이상을 견뎌 냈지만 외로웠다. 때론 깊은 죄절감 속에 광대처럼 슬픔을 안고 울었고, 한편 나의 능력을 스스로 되물으며 하루하루 노력해 나갔다.

나의 배우의 길은 결코 쉽지 않았다. 마치 밀림 속을 헤치며 살아온 것 같다.

_ 연출가와 배우

배우는 작품(희곡, 시나리오)에서 요구하는 인물에 생명을 불어넣는 예술가다. 배우를 선정하는 연출가의 능력에 따라 작품을 빛내기도 하고 배우도 살고 작품도 성공한다. '연극은 배우 예술'이라고 이론적으로 말하지만 배우를 보는 안목은 연출가에 있다. 그러므로 연출가에게 뽑히지 못하는 배우는 그보다 더 초라할 순 없다.

나는 배우다. 많이 부족하다는 것을 알기에 배우 세계에 입문한 후 늘 노심초사했다. 한 가지 확신은, 연극 영화 속에 살기를 원했던 것과 표현 능력에 대한 스스로의 믿음이다. 그러나 세상엔 객관적 기준이 있다. 그 기준을 정하는 실력자는 연출가이고 또한 한 계통의 사람들 눈에 인정되는 집단적 안목이다. 이는 곧 대중의 안목과 일치한다.

나도 연극인들에게 인정받던 젊은 시절이 있었다. 무대에 서면 보이는 배우로 초기의 몇 작품을 소개하면 이렇다.

윌리엄 샤로얀 작 〈동굴 속에 사는 사람들〉에서 주인공 대왕 역이었는데 차범석 선생님이 보고 "저 배우가 누구냐? 감정이 풍부하다"고 했다는 말씀을 간접적으로 들은 일이 있다. 또 극단 신협의 최현민 연출 〈윤지경전〉에선 그 해 신인상 물망에 올랐다는 소리가 들렸다. 그 후 극단 자유의 〈대머리 여가수〉 공연 후 함현진, 구문회 배우가 개성 있게 연기한 소방대장 역을 또 다른 개성으로 잘 표현했다는 이야기를 들었다.

드디어 80년대 들어와 스칼페타 작, 김정옥 연출의 〈따라지의 향연〉에서 '배우 권병길'을 각인시켰다는 평이 돌았다. 그리고 이강백 작 〈족보〉에서 뒤늦게 신인상을 받게 되었다. 이렇게 열심히 하면서 권병길이란 이름이 많은 연극인들 입에 오르내리면서 또 한번 고비를 넘어야 하는 운명의 순간을 느꼈다.

물론 80년대부터 극단 해외 공연의 고정 배역으로 나를 보여줄 기회가 드물기도 했지만, 나를 비켜간 세월도 무시할 수 없었다. 그래서 도전한 작품이 모노드라마 〈거꾸로 사는 세상〉이었다. 극본, 연출, 제작까지 맡아 세상에 저항하기도 하고 나의 처지에 저항하는 마음으로 공연했다.

어느 날 차범석 선생이 〈산불〉의 김노인 역을 부탁하셨다. "그렇지, 그 역은 내가 할 역이야" 하면서 연습장에 나갔으나 연출자 입에서 "배역이 정해졌는데?"란 말에 몹시 서운했었다.

■ 윌리엄 샤로얀 작 〈동굴 속에 사는 사람들〉 출연 배우들과 함께

그 이유는 나에게 꼭 맞는 배역이었고, 작가의 추천이 있었기에 더 원망스러웠다. 그 후 극단 성좌의 권오일 대표가 〈봄날〉을 하자고 했다. 이미 되어 있는 작품인데 주인공 역에 나를 캐스팅했던 것이다. 그러나 그 역은 오현경 선배님의 훌륭한 연기로 부담스러웠지만 날짜가 며칠 안 남았다고 서두르는 바람에 밤잠도 설쳐가며 긴 대사를 외웠다. 공연이 끝나고 좋은 연기였다고 여러분이 말씀해 주셔서 큰 보람을 느꼈다.

그러나 많은 연출가와 나는 인연이 닿지 않았다. 이는 아주 서운한 나의 고백이다. 그것은 혼란스런 한국 사회의 정치적 저항도 한몫 했을 것이고, 또한 나의 열등감인지 내가 걸어온 길에 대한 객관적 눈이 현학적 세계에 머무를 때 연출가들 눈에 차지 않았을 수도 있다. 당시 연출가들은 맨몸으로 고생하던 선배들의 시대를 지나 연극학과 교수로 활동하기 시작할 때여서 나는 그들에게 부족하게 다가왔을 것이다.

그럼에도 모든 악조건 속에 굴하지 않고 이청준 작, 김명곤 연출 〈배꼽춤을 추는 허수아비〉로 최우수 배우로서 영광을 안았으며, 뮤지컬 〈돈키호테〉에서 돈키호테 역으로 호평을 받았다. 그리고 김정옥 연출의 〈햄릿〉 등 좋은 작품에 출연해 해외 연극제 배우로 선택되는 행운도 있었다.

모든 연출가가 작품에 따라 배우를 선택하는 것도 쉬운 일은 아니며, 꼭 맞는 배역은 영원히 남는다는 결론이다.

_ 연극의 진실

연극무대에 오른 세월이 주마등처럼 흘러간다. 누구든 세월의 흔적은 있지만 연극배우들은 공연 작품을 따라가다 보면 세월의 흔적이 나온다. 누구와 공연했고, 공연 극장은 어디이고, 무슨 역을 했는지 살펴보면 생각이 실타래처럼 풀려 나간다.

평생 연극을 해 온 나는 20대부터 선명하게 기억의 흔적을 찾아갈 수 있지만, 영화같이 필름이 남아 있지 않아 바람처럼 흩어져 버린 것 같은 허무함이 있다. 그래도 무형의 흔적이나마 머리와 가슴, 공기 속에 영원히 묻혀 있음을 믿고 위로받는다.

데뷔 시절 연극은 참 흥미롭고 재미있었다. 순수한 마음으로 시작한 연극은 세상을 아름답게 느끼게 했다. 그리고 앞으로 전개될 배우의 길에 대한 생각으로 부풀어 올랐다. 청춘을 예찬하던 그때 그 시절, 연극 연습으로 땀을 흘리며 작가의 의도와 만나게 되는 짜릿함이 있었다. 새로운 작품을 대할 때는 또 다른 인생이 시작되는 것이었다.

일 년에 세 편쯤 작품을 하면 해가 저문다. 일 년이 참 빠르게 지나갔다. 창조의 길이니 시간도 세월도 잊은 채 집중하며 연극에의 포로가 되었던 시간이다.

배우의 길, 인생의 길 위에 서서 숨을 내쉬면 일 년이 지난 듯하고, 또 길게 숨을 들이마셨다가 길게 내쉬면 십 년이 어느 사이에 도망간다. 그렇게 시간이 빨리 지날 때쯤 깜짝 놀라 그 길을 떠나는 사람도 있었다. 그래도 오래도록 한 길을 걷는 배우는 경륜이 쌓여 예인의 훈장을 단다. 이는 하루아침에 영화나 드라마에서 붙는 '스타'라는 개념과 다르다.

연극은 가난한 예술이지만 깊은 정신적 충만함을 주는 심오함이 있다. 기초예술인 동시에 종합예술인 모든 장르의 뿌리가 된다.

연극의 길은 고단한 길이지만, 연극을 모르는 분들은 그 참맛을 알 수 없다. 무대 위에서 인생을 토해 내는 감성은 짙고 호흡이 길다. 그럴 때는 평생 쌓아 가는 재물이 있고 없고가 아닌 그저 부자가 된 마음이다. 기업가 정주영 씨가 그런 마음을 토로한 적이 있다 한다. "자신은 돈은 있을지라도 여러분과 같은 재능과 정서를 모른다고…."

연극인은 연극 속에 청춘을 묻는다. 삶이 연극이고 연극이 삶인지, 오랜 세월을 지나다 보면 실제 그 말이 실감난다.

연극적 삶이란 타인이 보기엔 멋이 있나 보다. 무슨 행동을 할 때 지금 연극하는 거냐고 묻는다. 또 비뚤어진 시선으로 "너의 진실을 꾸미고 있는 거냐?"고 묻는 이들도 있다. 즉 '연기를 하느냐'는 거다.

그것은 예술가를 바라보는 시각이 잘못된 것이다. 진정한 연기자는 자신의 진실을 속일 줄 모른다. 아니 진실이 누락되는 순간 자기도 모르게 어색해진다. 진실이 담겨 있지 않은 연기는 관객도 알게 되고, 그것은 진정한 연기가 될 수 없다.

_ '극단 자유'와 함께

명동에 있던 카페 떼아뜨르는 60년대 문화계 명사들의 아지트였다. 극단 자유 이병복 대표님이 운영하던 그곳에서 연극, 시낭송, 국악 등 다양한 공연이 이루어졌다. 극단 자유의 이병복 대표와 김정옥 연출가는 새 시대에 맞는 연극의 활로를 모색하고 있었다.

김정옥 선생님을 처음 뵌 것은 젊은 시절 연극협회에 계실때 연극 문제로 의논을 드린 적이 있다. 선생님이 젊은 연극인들과 소통을 잘하시는 분이라고 누가 귀띔을 해 주었고, 그때 선생님이 나에게 힘을 주셨던 기억이 있다.

그런 인연도 있었지만 내가 극단 자유에 입단(1975년)하게 된것이 신기했다. 어느 날 처음 연습장에 나가니 이병복 대표님이 소문대로 세련된 매너로 반갑게 맞아 주셨던 생각이 난다. 세월이 흐른 뒤 다시 생각해 봐도 이병복, 김정옥 두 분은 오늘날 나를 배우로 서게 하셨고, 예술의 길에 큰 교훈을 주신 분들이다.

극단에서의 시작은 볼품없는 단역이었지만 그 기간은 매우 짧았다. 극단 자유는 연극적 재능과 자세에 큰 비중을 두었기에 믿고 따랐다. 입단 몇 년 후 많은 배우 지망생들이 꼭 하고 싶어하는 역을 맡을 기회가 왔다. 이오네스코의 〈대머리 여가수〉와 극단 창단 작품 〈따라지의 향연〉은 김정옥 선생님의 대표작이었는데 중요 배역에 캐스팅된 것이다. 함현진, 추송웅 선배가 맡았던 배역이었으니 배우로서 큰 기회가 아닐 수 없었다.

극단 입단 시기에 박정자 선배님의 은은하고 편안한 배려와 상대를 바라보는 안목은 이내 동질화되어 가는 느낌으로 다가왔다. 박 선배님의 무대에서의 자세는 정석 그 자체였다. 겸허하게 받아들이면 큰 가르침이요, 극단의 기둥으로 자유의 상징이었다. 그만큼 대단한 커리어를 가진 선배님과 작품에서 만나는 건 내게 큰 행운이었다.

또 한 분은 배우 김금지 선배님이다. 당시 연극계의 별이었던 선배님은 내 연기를 지적해 주고 칭찬도 아끼지 않았다. 후에 들은 말이지만, 권병길은 어느 역이든 자기 몫을 다하는 배우라고 하셨단다. 〈따라지의 향연〉에서 김금지, 박정자 두 분의 남편 역을 맡으면서 나 스스로 크게 성장하는 기회가 되었다.

나는 함현진 선배님과는 인연이 없었다. 그러나 〈대머리 여가수〉에서 그분이 맡았던 소방대장 역을 하게 된 것과 구문회 동료와

■ 〈대머리 여가수〉에서 소방대장 역을 맡았다.

각기 색깔이 다른 연기자로 평가받은 것이 자랑스럽다.

푸근한 맏형 박웅 선배님과 무대에서 누가 더 희극적인지 경쟁심을 불러일으키게 하는 오영수 형과는 50여 년 동안 연극의 세계에서 서로의 존재를 존중하며 형제처럼 지냈다.

때론 생각이 다르고 추구하는 세계관이 차이가 나도 연극은 모든 것을 품는 신기한 장치다. 어쩌면 이병복, 김정옥 두 분도 성격도 다르고 능력도 다르지만 하나의 연극을 위해서 50년 세월 동안 극단을 잘 이끌어 온 것은 우리가 본받을 만한 가치이고 존경할 만한 분들이다.

극단에 들어와 함께 활동하던 연출가 최치림과 배우 채진희와의 인연은 각자의 사정으로 헤어지기도 하고 다시 만나기도 했다. 특히 채진희는 극단에서의 위상도 그렇고 특별한 매력을 지닌 배우였다. 그런데 채진희의 빈자리에 중앙대 재학생이던 손봉숙이 나타났다. 그리고 이수근의 '공간사랑' 신축 축하 공연을 하게 되었다. 또 한 사람 배우 한영애가 극단을 찾아와 동인제 극단의 좋은 인적 자산이 되었고 좋은 연극의 발판이 되었다.

극단이 연중무휴로 공연하고 있을 때 슬프고 안타까운 일이 생겼다. 동인 중 이윤영 연출가가 세상을 떠났다. 〈파우스트〉로 인연이 되었는데 젊은 나이가 아깝고 안타까웠다.

또한 늘 외롭던 형 그리고 내가 좋아하던 장건일 선배님의 타계는 단원들 모두의 슬픔이었으며, 촉망받던 아티스트 조규현의

■ 로벨 토마의 〈제2의 총성〉 공연을 마치고. 필자는 앞줄 오른쪽에서 두 번째

미국행은 오늘까지 소식을 알 수 없어 늘 궁금하다.

양진웅 형님도 그립고 판소리를 지도해 준 박윤초와 안진환, 정혜영, 최순화, 양세화, 최희영, 변주현, 최경희, 황수경, 이용재 등 많은 단원들과 우리 곁을 떠난 모두는 극단의 자산이었고, 늘 생각나는 친구들이다.

_ 연극인들의 파티

영화 속 파티가 무르익어 가고 있다. 춤을 추며 환희에 젖어 잔을 부딪친다. 그 인물들은 앞으로 전개될 이야기 속 주인공들이고 서로의 관계가 설정된다. 그리고 눈빛은 영화의 흐름을 암시하기도 한다. 영화 〈폭풍의 언덕〉에서 복수를 안고 사라진 히스클리프트가 멋지게 변신해서 나타나는 순간 파티장은 얼어붙는다.

연극이 끝나면 파티가 있다. 백여 편의 작품을 했으니 그 숫자대로 파티가 있었을 것이다. 소위 쫑파티다. 조촐하지만 같이 땀을 흘린 이들과 격려와 위로를 나누는 아름다운 파티다. 공연에 온몸을 던져 다른 인생을 살고 마무리하는 쫑파티는 서로의 눈빛 속에 사랑과 우정이 넘친다. 그런데 젊은 친구들이 공연 후 뒤치다꺼리를 하느라 파장에 참석하는 것이 늘 아쉬웠다.

세월에 따라 파티 모습도 많이 변했다. 전체 연극인들이 모이는 연말 파티는 선후배들의 화합의 장이다. 특히 아날로그 세대의 파티에는 춤과 노래를 곁들인 낭만이 있었다. 그러나 점점 그 낭만이 사라진 지 오래다. 음식을 먹고 인사만 하고 삼삼오오 장소를 옮겨 버려 파티장은 이내 조용해지고 공동체적 모습은 개인주의로 바뀌었다.

크리스마스와 연말이 다가올 무렵, 이병복 선생님은 극단 자유 단원들을 집으로 초대한다. 만찬과 함께 연극 얘기를 나누고 와인잔을 부딪치며 분위기가 서서히 달아오른다. 그리고 한 해 결산과 내년 계획을 얘기하며 파티가 무르익어 갈 때쯤 권옥연 화백은 노래로 불을 지핀다.

권 선생은 파티의 꽃이다. 이탈리아 아리아로 시작한다. "아~ 세월은 잘 간다 아이야야 인정없는 이 세상~"으로 이어지는 노래엔 인생무상이 묻어난다. 노래는 박정자 배우로 이어진다. 연기도 잘하지만 노래도 일품이다. 김금지 배우는 마지못해 부르지만 주로 '에레나가 된 순이'를 개성 있게 부른다.

이어서 가수 한영애는 '봄날은 간다'를 뽑는다. 이 노래는 백설희 선생의 감칠맛도 잊을 수 없지만 한영애의 허스키한 목소리는 또 다른 매력이 있다. 배우 손봉숙은 높은 음의 패티김 노래를 즐겨 부른다. 그리고 박웅 선배의 '진고개 신사'를 끝으로

■ 〈따라지의 향연〉에서 김금지 선배님과 함께

노래는 마무리된다.

극단 자유의 55년 세월은 연극과 함께 불꽃처럼 빛났던 파티
가 한 시대의 기억 속에 저물어 간다. 세월은 인생을 늙어가게
하고 이미 떠나가신 이병복, 권옥연 선생님의 멋과 낭만의 파티
는 이제 볼 수 없다. 시간과 인생의 만남은 그냥 흘러가는 것인
줄 그때는 몰랐다. 파티를 지우기엔 왠지 세월의 무상함이 느껴
진다.

_ 파리의 향기

　새벽에 파리에 닿았다. 드골 공항에 도착한 시각이 새벽 5시. 공항에서 버스를 타고 이동한 후 지하철로 바꿔 탔다.

　예술의 도시 파리는 온통 호기심 천국이었다. 어둑한 지하철을 빠져나와 계단을 올라섰을 때 계단 사이로 스며드는 새벽빛은 강렬했다. 고색창연한 빛, 거리에 나뒹구는 낙엽, 한폭의 수채화였다. 예술적이란 말이 필요 없는 정취, 거리에 발을 내딛는 순간 멀리 날아온 낯선 이국땅이라는 실감이 들었다.

　1981년 첫 유럽 여행지 파리에 대한 호기심은 이미 들뜬 기분으로 충만했다. 소르본느대학 근처 카페에 앉아 숨을 돌렸다. 창밖 풍경은 자연스러움 그 자체였고, 모던한 모자와 스카프를 두른 사람들은 엽서 속의 그림처럼 멋있었다.

　극단 일행은 우선 숙소를 정하기 전에 카페에서 미팅을 하고 그날 계획을 세웠다. 소르본느대학 근처에는 볼 것이 많았다.

아침으로 카페오레와 빵(바게트)을 먹고 몇몇이 룩셈브룩공원으로 향했다. 거리마다 화가들이 앉아서 그림을 그리고 시민들은 한가로워 보였다.

요즘은 유럽 여행이 자유로워졌지만 40년 전 파리 방문은 쉽지 않았다. 여행은 모든 것이 감성적으로 다가왔다. 연극 세트 같은 건물들, 거리의 가로수들까지….

감상에 젖어 있는데 버스 안에서 샹송이 울려 퍼졌다. 파리에서 듣는 샹송, 동양의 배우들은 음악과 도시의 아름다움에 취해 있었다. 프랑스인들이 우리나라에 오면 똑같은 신비로움이 전달될 거라는 생각이 들었다.

우리에게는 비장의 판소리 공연도 있다. 첫 공연지인 세계 연극 페스티벌이 열리는 렌느라는 도시로 향했다. 여장을 풀고 첫날은 '헝가리' 연극을 봤다. 렌느는 교육도시답게 아담하고 조용했다. 그런데 누군가의 선창으로 '쑥대머리' 소리를 하기 시작했다. 여기저기서 판소리 가락이 울려 퍼졌다. 이국땅 프랑스에서 우리의 것, 우리 민족의 소리가 울려 퍼져 나갔다.

우리의 공연날이 왔다. 공연 시간은 밤 11시. 이 시간에 공연을 한다고? 공연 전엔 관객이 한 사람도 없었다. 우리는 서로 쳐다보며 어리둥절했다. 그런데 5분 전 와~ 하고 사람들이 밀려오기 시작했다. 더더욱 놀란 것은 대부분 노숙한 관객들이었다. 이분들은 잠도 안 자나?

다시 힘을 내어 첫 작품 〈무엇이 될고 하니〉를 최선을 다해 공연했다. 그리고 로비에서 관객들의 인사를 받기에 바빴다. 분장을 지우고 흐뭇한 마음으로 밖으로 나왔다. 가로등만이 졸고 있는 어두컴컴한 거리는 조용했다.

호텔로 이동하기 전 카페의 불빛을 보고 가볍게 목을 축이러 갔다. 넓은 카페에서 음악 공연이 벌어지고 있었다. 이국의 살롱 무대를 바라보고 있는데 자리마다 젊은 남녀가 다정하게 포옹하고 있는 모습이 부러웠다. 그 시간에도 통행금지가 없는 프랑스의 밤과 청춘들이 자유롭고 아름답게 느껴졌다.

_ 일찍 떠난 안옥희

    소극장에서 작은 공연으로 실력을 연마하던 시절이다. 기존의 극단 광장, 실험, 자유, 산하 등 유명 극단들이 명동예술극장을 중심으로 봄과 가을 시즌에 맞춰 공연을 하고 그 공연과 출연 배우들은 그 해 연감 기록으로 명예를 남기던 때, 오직 연극이 좋아 연극을 시작할 때였다.

    어느 날 조민 연출가와 연이 닿아 안데르센 원작 〈즉흥시인〉을 한국일보 소극장에서 공연한 후 에릭 시걸의 〈러브 스토리〉에 출연 제의를 받았다. 당시 영화 〈러브 스토리〉는 광화문 국제극장에서 많은 관객을 끌어모으고 있었다. 연극이 영화를 따라서 공연하는 것에 의문을 갖던 나는 못마땅한 생각이 들었지만, 당시 상업적 안목으로 둘째가라면 서러워할 조민 연출가의 고집을 꺾을 수가 없었다.

    문제는 작품 각색과 주인공을 누굴 선택할 것인가였는데, 그 무렵

막 데뷔한 신예 안옥희를 소개받았다. 그녀는 늘 짙푸른 융단 스카프로 얼굴을 가리고 나타났다. 갸름한 얼굴에 코가 오똑하여 분위기가 지적이었으나, 나중에 알고 보니 약간 각진 볼을 가리기 위한 것이었는데 느낌은 좋았다. 사실 영화의 인기를 생각하면 크게 작품을 염려하지 않을 수 없었다.

그러던 차에 키가 크고 미남인 원로 영화배우 이택균 선생님이 김진규, 최무룡 선생 이전에 주인공을 했었기에 새로운 기대감에 들떴다.

이택균 선생님은 원로배우 석금성 선생님의 아들로 알려졌다. 석금성 선생님은 북으로 간 무용가 최승희의 오빠 최승일의 부인이었는데, 최승일이 나중에 월북하면서 네 남매만 데리고 월북한 것으로 보아 이택균 선생님은 왜 홀로 남았는지 의문이었다. 아무튼 보기 드문 신사로 무대에 선 이택균 선생님에 대한 기대를 갖게 했다.

연극은 큰 탈 없이 잘 끝났다. 연극을 끝낸 후 안옥희는 방송계로 진출하게 되었고, 갑자기 유명해지기 시작하여 매스컴에 화려하게 등장했다. 비록 짧은 만남이었지만 재주가 있고 그림뿐 아니라 글도 잘 쓰는 만능 배우의 면모를 보여 주었다. 간혹 파티 등 공식적인 자리에서 만나면 반갑게 인사하며 예의를 지키는 배우였다.

시간이 흐른 후 어느 날 우연히 KBS 방송국 로비에 앉아 있는데 멀리서 나를 보더니 놀라면서 피하는 듯했다. 매너가 좋기로 알려진 그녀인데 이상한 생각이 들었다. 잠시 후 수심이 가득찬 모습으로 다가와 목례를 하고 사라졌다.

후에 알게 되었지만 안옥희는 암 선고를 받고 방송일을 하다 세상을 떠났다. 암이라는 걸 숨기고 방송일을 할 수밖에 없는 상황이었던 것 같다. 참신하고 청순했던 백혈병으로 죽은 러브 스토리의 주인공 알리 맥그로(제니)처럼 안옥희는 그렇게 떠났다.

_ 북으로 간 배우 황철

황철(1913~1961)은 근대 연극사에 이름을 남긴 명연기자였다. 그런데 그의 이름이 생소한 것은 해방공간에서 활동하다 1948년 북으로 떠났기 때문이다. 황철의 전성기는 1930년대부터 북으로 가기 전까지로, 그는 동양극장(현 문화일보사) 청춘좌를 중심으로 활동했으며 낙랑극회와 극단 아랑 등에서 연극을 했다.

시대마다 대중의 우상이 존재했을 것이다. 그나마 북으로 간 황철 선생은 전문 원로 연극 영화인들 외에는 알려지지 않은 배우다. 그러나 연극계에서는 당시 배우들과 공연을 직접 본 관객의 입으로 전해진 선생은 하나같이 다시 나오기 힘든 배우, 백년에 한 사람 나올 수 있는 배우라고 학자들까지 인정, 구술하기를 주저하지 않았다.

황철의 고향은 충청도 청양으로 기록되어 있다. 그는 지방에 떠도는 연극단을 보고 배우의 길을 찾아갔을 것이다. 역시 찾아간 것이 조선 연극사였고, 그곳에서 데뷔를 했다. 그는 운좋게 주인공을 맡아 같은 배역의 배우 강홍식(강효실 부친) 선생이 지방 공연을 꺼리자 찬스를 잡아 일약 주전 배우로 도약했다.

황철 선생이 극장 객석 끝까지 들릴 만큼 매력적인 저음과 명확한 발음으로 소문이 나던 때(배우 김동원, 고설봉 증언)는 이미 정상에 서 있었다. 그후 동양극장에서 공연되던 레퍼토리에 관객은 연일 장사진을 치고, 극단 운영자(홍순원)는 배우들에게 월급을 준 연극사 최초의 사건이 되었다.

황철은 정상의 배우로 인정받고 있을 무렵 동양극장 전속 극단 청춘좌에서 저질 작품이라고 버림받은 희곡(임선규 작) 〈사랑에 속고 돈에 울고〉를 박진 연출로 차홍녀와 함께 주연을 맡아 대성공을 거둬 장안의 화제가 되었다. 연극을 보기 위해 관객은 인산인해를 이루었고, 도리어 관객을 쫓기 위해 경찰 기마대까지 동원되었으며, 유명한 명월관 기생들이 황철을 모시고 갈 정도로 인기가 있었다.

그러나 해방공간에서 배우들의 설 자리는 정치적 상황으로 우왕좌왕하고 있었다. 그때 명배우 심영과 지경순, 김선영, 김연실, 박영신, 문예봉(영화배우), 문정복(배우 문정숙의 언니), 함세덕(작가), 임선규(작가), 안영일(연출가) 등 당대 알아주던 이 땅의 유명한 배우와 작가 등이 월북하여 남북으로 나뉘는 연극 영화의 절름발이 상황이 되었다.

황철과 그들은 왜 월북했는가? 그것은 해방정국의 이념 대결이 빚어낸 우리 민족의 비극에서 유래한다. 당대 우리 연극계는 일본 유학파 중심의 '극예술연구회'가 조직되고 유치진, 서항석, 이해랑 등 소위 민족계열의 우익 인사 중심의 연극으로 신연극 운동을 내세우며 외국 번안극 등을 공연, 새 연극 사조가 움트고 있었다.

연극에도 계급적 갈등이 내재되어 있었는데 이념을 내세운 좌우 대결 속에 연극 역시 사사건건 갈등이 있었고, 한 무대 연극 동지들이 세포 분열을 하기 시작했다. 당시 카프운동이 또 하나 연극의 이념화로 발전, 해방정국의 혼란 속에 급속도로 좌우 분열을 하게 되었다.

황철의 전성기는 연극의 본래 정신을 이어온 동양극장의 홍해성, 최독견, 박진, 이서구, 송영, 임선규, 박영호 등 연출 작가 아래 우리 정서를 바탕으로 소위 가극과 악극의 차별성을 유지하기 위해 노력하던 때였다. 우리 영화 연극계의 대부 김승호, 황정순, 고설봉 선생 등이 동양극장에서 활동했으며, 배우 최은희 선생은 황철의 문하생으로 들어가 연극을 시작했고, 백성희 선생은 월북 작가 함세덕의 발탁으로 오늘날 연극배우의 대모로 이름을 남겼다.

황철은 당시 세 살 아래인 이해랑 선생과 한 무대에서 연기하면서 우의를 다졌지만 뿌리 깊은 이념의 정체성으로 남북으로 갈리어 이해랑은 남쪽 문화예술계의 '한국문화예술연합회' 총회장, 예술원 회장, 중앙국립극장 단장, 극단 신협 대표, 유정회 국회의원을 지냈고, 후예들을 중심으로 이해랑 연극상을 만들어 매년 수상하며 그분을 기리고 있다.

황철은 북쪽 문화예술계의 대부로 기록되어 있다. 최초의 인민배우 칭호를 받고 교육문화성 문화상, 최고인민위원회, 국립극장 단장 등 북쪽 문화예술계의 실력자가 되었다. 두 분은 이념이 달라 서로 대립하고 한편 존중했다.

황철은 해방 전후 남쪽에서 많은 작품을 했다. 낙랑극회에서 함세덕 작 〈산적〉, 〈단종애사〉, 쉴러의 〈군도〉, 극단 아랑의 〈그들의 일생〉, 〈김옥균〉, 〈동학당〉 등을 공연했으며, 월북 후 전쟁이 터지자 인민군 소좌로 참전해 명동 시공관(예술극장)에 나타나 "서울시민 여러분, 저 황철이가 왔습니다" 하고 시민들에게 인사를 했다(작가 차범석 증언). 그리고 남쪽으로 내려가다 경기도 평택에서 폭격으로 한쪽 팔을 잃었다.

이것은 황철이라는 한 배우만의 월북 얘기가 아니다. 당시나 지금이나 연극만으로는 생활이 무척 힘들고, 그들에겐 빵이 필요했을 것이다. 그래서 많은 예술인들이 친구 따라 강남 가듯 당대 최고의 배우 황철을 따라 북쪽행을 결행하게 된 것이 아닌가 상상된다.

_ 세월의 무정

70년대 명동예술극장 시절, 연극계 원로 선생님들을 뵙고 지난 세월 연극계 얘기를 듣는 것은 매우 흥미로웠다. 뿐만 아니라 일제강점기 때 문화예술계 동향을 듣는 것은 더욱 의미가 있었다. 월북한 당시 연극인들과 해방공간에서 우정을 나눈 이야기를 들을 때 호랑이 담배 피던 얘기로 치부했던 것이 지금 와서 생각하니 미안한 마음이 들었다. 선생님들의 간절한 말씀 속에 무정한 세월이 묻어 있음을 이제사 깨닫게 된다.

북으로 간 분들은 남쪽의 활동공간을 떠났지만 그분들을 회상하는 분들은 눈치를 보듯 조심하시는 듯했다. 그러나 모두 세상을 떠난 지금, 이념의 파편들은 빛바랜 사진처럼 남아 있다.

왜 우리에겐 쉽게 잊혀지길 원하는 시간이 있는가? 아니 잊으려는가? 인간사가 어디 그렇게 될 수 있는 것인가?

지금 이 순간 1970년대 초반으로 돌아가보면 바로 어제 같다는 생각이 든다. 30년 전 시간 여행이 아주 망각의 세월은 될 수 없다. 그러면 과거를 기억하고 말씀하시던 선생님들의 기억 역시 30년 전 얘기가 어제 같았을 것이다. 그것도 분단 전 해방 공간 시대 전후의 아야기다. 그리고 전쟁 후의 허무한 세상사를 슬픈 연가처럼 들려주신 것이다.

생각하면 일제시대 예인들과의 혼백의 세월은 분단으로 파괴되었지만 같이 숨쉬었던 역사적 숨결은 알고도 남는다.

어찌보면 무용가 최승희도 만난 듯하고, 나운규를 주인공으로 한 〈임자 없는 나룻배〉의 이규환 감독님을 뵈었던 사실을 그때는 잘 몰랐다. 일제시대 동양극장의 명배우 황철 선생과 연극도 하고 같이 활동한 이해랑, 고설봉 선생의 말씀은 감회가 깊을 수밖에 없다. 문예봉, 문정복 등 월북한 배우들과 최은희 선생의 북쪽에서의 조우는 끊어진 역사를 잠시나마 이어 본, 어쩌면 역사를 되돌리는 작은 퍼포먼스라는 생각이 든다.

_ 사랑과 죽음

살아가는 동안 가장 두려운 것은 죽음을 생각할 때다. 죽음이야말로 삶을 송두리째 빼앗아 가버리니 두렵지 않을 수 없다. 그러나 살아가는 데 늘 두렵기만 하면 또 어찌 살 수 있겠는가? 신은 우리에게 피할 수 없는 운명을 선사했고, 그 후 미래에 대한 메시지가 있을 것이란 믿음이다.

살아가면서 죽음의 두려움은 피해 갈 수 없지만 죽음을 어떻게 받아들여야 하는가는 살아 있는 자들의 몫이다. 모든 성인들이 설파한 대로 삶은 자신의 몫으로 운명지어져야 한다.

죽음을 넘어 설레게 하는 묘약, 즉 사랑의 묘약이라는 것이 있다. 사랑은 사사로운 개인의 사랑도 있고 넓은 의미의 사랑은 죽음마저 사랑하게 하는 것이다.

사랑과 죽음을 안고 사는 동안 인간사에 숱한 드라마가 연출된다. 그리고 많은 것을 암시한다. '죽도록 사랑해서' 죽음을 두렵지 않게 하는 사랑의 힘. 죽음은 사랑의 결정체로 다가오는 신비의 세계가 아닐까.

오늘도 살아 있으니 살아갈 수밖에 없는 인생들이다. 살아 있으니 움직이지만 움직여 쫓아가는 '욕망의 사랑'이 유혹하기도 한다. 사랑의 몸부림은 살아 있다는 증거가 아닐까. 진정한 사랑은 실패가 없다. 진정한 사랑의 실체를 만들지 못한 인생은 불행하다.

사랑은 거대하게 다가오는 것이 아니다. 홀로 선 자리에도 있다. 허상을 쫓는 현대의 욕망은 사랑 없는 죽음의 그림자가 서려 있는지도 모른다. 진화된 문명 뒤엔 거짓 사랑의 불씨가 자라난다. 풍요롭고 편리한 곳에 달콤함을 요구하는 세포인자가 자리하게 된다. 그 속엔 죽음의 인자가 같이 자라고 있는지도 모른다.

죽음이란 사랑할 수 없는 것들이 이끈다. 사람은 젊음을 사랑한다. 대지의 푸르름에 모두 취한다. 그러나 깊은 가을에 낙엽 지듯 인생도 그 길을 피할 수 없게 된다. 그래서 자연은 자연대로 육체는 육체대로 새로움을 잉태하기 위해 지게 되는 것이다. 오늘의 풍요로운 세상에 많은 생각을 하게 된다. 진정 사랑은 또 사랑을 잉태하고 사랑으로 죽음을 안내하므로 사랑은 완성된다.

_ 세계 속에 한국 연극을 심다

국제극예술가협회(ITI) 회장인 김정옥 연출가의 리더십으로 한국 연극을 세계에 알리는 계기가 있었다. 대학에서 강의도 하고 누구보다 왕성하게 현장 연극 연출을 해 온 선생님은 국내 공연은 물론 일본, 프랑스, 스페인, 네델란드, 튀니지, 체코, 베네수엘라, 미국 등에 우리 극예술과 문화를 알린 분이다.

극단 자유(대표 이병복) 전 단원들은 1979년부터 일본 공연을 시작으로 세계 연극 페스티벌을 겨냥해 해외 공연을 하게 되었다.

'한라에서 백두'까지 공연의 길은 막히고 이웃나라 일본 '오키나와에서 아사히카와'까지의 공연은 우리의 상징적 아픔과 사정을 말하는 듯했다.

한국 연극을 거의 처음 대하는 일본 관객은 가는 곳마다 찬사를 보냈고, 환대 속에 때론 꽃다발을 받았지만 일본 땅에서만 볼 수 있는 북조선 홍보물이 꽃다발 속에 숨겨져 있어 화들짝 놀라기도 했다. 북해도 공연에서는 주체 측이 주선한 만찬에 가보니 조총련계의 초대였다. 다행히 대표 몇 분만 가게 되었지만. 또한 우리가 공연한 북해도 극장에서 일주일 후 북한의 〈나뭇군과 선녀〉 공연을 알리는 홍보물을 보니 남북이 간접적으로나마 연극의 만남이 이루어지는 느낌을 받았다.

유럽 공연의 시작

1979년 일본 도쿄, 나고야, 오사카 공연에 이어 1982년 프랑스와 스페인 공연을 떠나게 되었다.

스페인의 시저스 세계연극제는 규모도 크고 세계 관광 명소인 해변을 끼고 벌어지는 연극 축제였다.

박우춘 작, 김정옥 연출의 〈무엇이 될고 하니〉 첫날 공연 후 우리를 놀라게 한 것은, 현지 신문에 Noth Korea 공연이 아주 훌륭했다는 기사가 크게 실렸던 것이다. 그 후 우리는 주최 측에 항의했다. 가는 곳마다 북쪽과 연계되어 한몸처럼 따라붙는 듯했다.

이어서 프랑스 렌느 세계연극제에 참가했다. 세계 여러 나라와 공산국가들의 작품들도 공연되었다. 당시엔 잠시 그들과 얘기만 나눠도 당국에 신고를 해야 하는지 고민하던 시절이었다. 난생처음 보는 폴란드, 체코의 연극을 보고 감동했던 기억을 지울 수 없다. 공산국가 배우들도 멋졌고, 미인을 보는 개념도 우리와 차이가 없었다. 그들은 스스럼없이 우리와 단체사진도 찍었다. 우리에겐 통행금지가 있던 시절에 프랑스에선 밤 11시에 공연을 했던 일, 그리고 잠시 목을 축이기 위해 카페에 갔을 때 청춘 남녀들의 자유로움이 꽤나 부러웠다.

프랑스 낭시 세계연극제에서 튀니지까지

유서 깊은 낭시 세계연극제를 가는 과정도 흥미로웠다. 오를리 공항에서 낭시까지 버스로 5시간 이상 걸렸다. 논스톱으로 가는 동안 휴게소가 없어 3시간쯤 지나 급한 일들이 생겼다, 그곳은 온통 들판이요 양떼들 뿐이었다. 일단 비상으로 15분간 들판에서 쉬었다가 다시 출발하는 웃지 못할 일이 벌어졌다.

낭시 공연 후 '에피날'과 '메츠' 공연 일정도 포함되어 있었고, 그곳 시장으로부터 환대를 받은 후 파리로 향했다. 그런데 파리 문화원에서 공연을 끝낼 즈음 단원 하나가 갑자기 배를 움켜쥐고 복통을 호소하는 것이 아닌가. 이튿날 튀니지 공연을 떠나야 하는데, 우리는 할 수 없이 병원에 입원시키고 그 대신 다른 단원이 비행기 안에서 대사를 암기하는 일이 생겼다.

그리고 북아프리카 튀니지까지 공연을 오다니, 우린 세계적인 유랑극단의 길을 걷고 있었다. 튀니지 공연은 하마메트라는 해변가 극장에서 했는데, 우리 숙소는 올리브 열매가 꽉 들어찬 숲속에 있었다. 주변은 은빛 모래가 펼쳐진 지중해 바다였고, 유럽인의 휴양지라는 말을 들었다. 매일 양고기를 먹고 힘을 얻어 〈피의 결혼〉을 공연했다.

한번은 공연 시간이 30분 지났는데도 막을 올리지 못하고 있었는데, 그 나라 수상이 늦게 오는 바람에 그렇게 되었다고 한다. 은근히 화가 났지만, 우리는 해변 성곽 안의 아늑한 무대에서 맘껏 소리치며 열연했다.

삿포로에서 프랑스로

일본 공연을 마치고 우리는 대장정 길을 떠났다. 하네다 공항에 내려 버스로 나리타 공항에 도착, 10시간 이상을 기다린 후 에어 프랑스를 타고 파리 오를리 공항에 도착했다. 여기서 또 10시간 정도 기다리다가 작은 경비행기를 타고 바르셀로나에 도착, 꼬박 이틀간 비행기를 탔다.

콜럼버스가 처음 도착한 곳에서 얼마 떨어지지 않은 아파트형 호텔에 짐을 풀고 이튿날 극장 견학을 갔다. 75여 개국이 참가하는 프로그램이 있어 펼쳐 보니 내가 여장을 한 사진이 한 면을 차지하고 있는 것이 아닌가? 나도 놀라고 단원들도 그랬다.

우리 공연은 스페인의 국민시인 가르시아 로르카의 〈피의 결혼〉이었다. 극장은 유서 깊은 원형극장으로 이틀간의 공연을 성황리에 마쳤다. 우리는 한줄로 서서 관객들과 헤어지는 인사를 했다.

스페인 남단 말라가의 공연

옛 성의 운치를 자랑하는 조용한 도시 말라가. 태양은 까뮈의 소설 〈이방인〉이 연상될 만큼 강렬했다. 우리는 마차를 타고 시내도 돌아보고 투우장도 견학했다.

공연장 역시 야외무대였다. 〈피의 결혼〉의 무대 분위기와 잘 어울리는 공연장이었다. 이곳 관객들의 특징은 뒤늦게 몰려오는 것이었다. 첫날 무대 분위기는 〈피의 결혼〉 작품 분위기와 딱 어울렸다. 그런데 공연 중에 송아지만한 개가 어슬렁어슬렁 무대 위로 올라왔다. 우리는 좀 놀랐지만 개는 조명을 받고 천천히 사라졌다. 자연스런 연극 장면 같았다.

이튿날 현지 신문에 내 사진이 크게 나온 공연 장면이 실렸다. 15명이 출연했는데 왜 나만 나왔을까? 모두 의아했지만 그럴 수 있겠다 하고 넘어갔다. 사실 내가 나온 사진의 대사는 신동엽 시인의 "껍데기는 가라"를 외치는 장면이었다. 이 대사의 의미를 알아차린 기자가 있었단 말인가?

바르셀로나에서 프랑스로

우리는 버스로 스페인 국경을 넘어 프랑스로 넘어갔다. 국경에서 잠시 휴식을 취하게 되었는데 산과 들이 이어진 국경이 실감나지 않았다.

어느덧 우리의 목표 '칼카존'이라는 도시에 도착했다. 5일간의

A JAYU ABRIO EL FESTIVAL DE TEATRO DE MALAGA

Máscaras orientales para un teatro total en el Festival Internacional de Málaga.
RAFAEL GARUZ/D-16

Corea se hizo del sur con «Las bodas de sangre», de Federico García Lorca

Javier García/D-16

parativos de la boda y va virando de la más alegre de las

za varias interpretaciones— es soberbio. La dulzura de la no-

■ 스페인 말라가 현지 신문에 실린 가르시아 로르카의 〈피의 결혼〉 공연 모습

여유와 하루 공연이 잡혀 있었다. 우리가 묵을 곳은 17세기 성주가 살았던 고풍스런 집이었다. 방이 여러 개 있고 넓은 정원이 퍽 인상적이었다. 아침에는 선생님들과 함께 간단한 바케트와 커피 타임이 정겨웠다. 단원들은 여유 있게 시간을 보내며 저녁마다 와인을 마시며 이야기꽃을 피웠다.

드디어 유명한 칼카존 성곽 불꽃놀이를 보는 날이었다. 부지런히 식사를 마치고 도착했을 때 이미 많은 사람들이 몰려 있었다. 불꽃축제는 해마다 열리는 행사인 듯했다.

이튿날 우리는 다시 떠났다. 공연도 무사히 마쳤고, 주최 측에서는 배우들의 목소리가 좋다고 엄지손가락을 치켜세웠다.

멋진 니스 해변을 끼고 도착한 곳은 '소피아 앙티포먼스', 무사히 공연의 피날레를 장식한 곳이다. 가는 곳마다 명소였고, 특별한 환대에 꿈같은 40여 일이 흘러갔다.

김포공항에 도착한 단원들은 가족의 마중을 받으며 돌아갔다. 나는 단칸방에서 홀로 기다리고 계실 어머니를 뵈러 발걸음을 재촉했다.

김정옥 선생님의 리더십과 이병복 선생님의 무대미술이 빛났던 세계연극제 참가는 연극 역사에 기록되어야 할 성과라 할 수 있겠다. 그간 세계연극제에 참가하면서 무대예술에 대한 견문을 넓힐 수 있었기에 자랑스럽게 생각한다. 그리고 젊은 날의 예술 여행은 보람 있는 추억이 되었다.

_ 연극의 길에 들어선 지 50년

연극배우의 길을 걸어온 지 50년이 넘었다. 그러나 나를 진정 배우로 인정하는 건 나 혼자만의 만족이 아닌가 하는 노파심이 들 때가 있다. 아무튼 객관적 평가는 잘 들리지 않고 아직도 나를 알아보는 사람이 드물다는 자괴감 때문일 것이다.

그러나 상관없다. 분을 바르고 무대 위에 서 있었으니 몰라보는 것은 당연하고 한편 자유스럽기도 하다. 유형이든 무형이든 '나는 무엇인가 흔적을 남기고 떠나야 할 사람인가?' 생각해봤다. 한길을 쉼없이 걸어온 사람에겐 분명 신념이 작용했을 것이다. 배우가 선 무대의 기록은 조각처럼 필름에 남는 정도일까? 그러나 공기처럼 역사에 살아 움직일 거라는 믿음은 있다.

문화의 가치는 유구하다. 그 길을 걸어간 인생은 인정받고 존중받아야 한다. 어느 노 사진작가는 "열악한 환경 속에서 배우의 길은 시대 변형의 독립운동"이라고 말했다. 연극은 종합예술로

가는 기초이고 중심이다. 그런데 연극은 공적 도움을 받는 데는 인색하다. 예인들 스스로 살아 남았고, 그것을 보고도 느끼지 못하는 문화 풍토가 문제다.

순수 고급 문화가 그 나라 위상의 기준이 된다. 외롭고 그늘진 연극의 길을 선택한 이들은 "자유의 포만감을 안고 창조하는 사람들"이다. 그 자유가 배를 채워 준다고 믿는 것인지도 모른다. 생색내기 정책보다 "자유롭게 작품 활동을 할 수 있는 환경을 만들어 주는 것"이 중요하다. 문화예술인이 주인이 되는 행정을 말한다.

앞으로 나의 현역 생활은 십여 년 안에 끝날 수도 있다. 그래서 가능성은 희박하지만 지난 세월을 보상받고 싶다. 다만 그 세월은 종이 인쇄물 속 사진 몇 장이 다일 것이고, 신문 한쪽에 박힌 기사가 전부일 것이다.

연극배우는 방송에 왜 안 나오느냐고 묻는다. 그 세계는 순수함이 없기도 하고 나름의 높은 기득권이 있다. 광고 스폰서가 좋아하는 사람들이 필요하고 그런 인물이 만들어진다. 거기엔 상업적 계산이 깔려 있다.

공기가 눈에 보이느냐고 묻는다면 선명한 대답을 할 것이다. "눈엔 안 보이지만 없으면 죽는다"는 사실이다. 이것이 문화라는 것을 모른다. 물질 만능의 욕망의 세계, 그들이 주도하는 세계는 인간화라는 대의에서 벗어나도 물질이 모든 걸 해결한다고 믿는다. 그러나 그것은 비인간화의 촉진일 뿐이다. 옛날엔 우선순위가 바뀌어 감동을 주는 시대가 있었다. 비록 물질의 보답은 약해도.

유년 시절 고향 언덕에 석양이 물들면 나팔 소리가 들려왔다. 그건 광대들이 왔다는 신호였다. 그들이 보고 싶어 달려가던 시절이 오늘의 나를 있게 만들었다.

그들을 따라 광대의 길에 들어선 세월이 50년이 넘었으니 어찌 하고 싶은 말이 없겠는가.

이제 한 인간이 모든 것을 바쳐 꿈틀대던 영혼의 소리가 끝나가는 것을 온몸으로 거부하며 외쳐 보련다.

_ 마지막 열정

앞으로 내가 연극을 할 수 있는 시간은 2021년을 기점으로 10년쯤 될 것이다. 옛날로 말하면 은퇴를 해야 될 때지만 이순재 선배님이 활동하시는 것으로 보아 15년은 더 할 수 있을 것으로 본다. 특별한 분을 예로 들 수는 없고 박정자, 이호재, 권성덕, 전무송, 박웅, 손숙, 오영수 선배님들은 지금도 한창때시니 은퇴란 말은 늦출 수 있게 됐다.

몸이 성해서 연극을 지탱한다는 것은 의미가 없을 수 있다. 젊은 사람도 수염을 달고 무대에 서서 노역을 하면 될 일이다. 나는 〈불모지〉라는 작품에서 20대에 60대 노역을 했고, 영화 〈돈의 맛〉에서는 60대에 90대 노역을 했으니 말이다. 배우의 표현력은 카멜레온처럼 더 깊고 더 의미를 전달하는 맛과 멋이 있어야 한다. 그러니 앞으로 남은 시간은 더 깊이 있고 사려 깊고 원숙한 기회로 삼고자 한다.

젊은 시절에는 무한정 끝없이 달려가는 것처럼 착각했으나, 세월이 흐르고 보니 인생을 되돌아보게 된다. 과연 무엇이 성공한 연기자이며 인생인가? 무엇이 잘못되고 착오였나를 반성하는 시간이 되었다.

작품 수는 많으나 젊은 시절 병마와 싸우느라 주인공이 되지 못한 한이 있다. 그러나 나의 표현은 결코 열등하지 않다는 믿음이 있다. 유년 시절부터 표현 능력을 인정받았고 학창 시절 웅변 대회에 나가면 꼭 1등을 했다. 그래서 연극과 영화배우의 길을 스스로 결정한 것에 대해 긍지를 느끼고 있다.

하지만 나는 연기자의 삶에 만족할 수도 원망할 수도 없다. 평론가 유민영 선생님은 나를 볼 때 희극적 요소가 있지만 비극적 연기를 더 잘할 수 있는 배우라고 평했다. 이는 놀라운 발견이며, 어쩌면 신체적 조건과 나의 의식의 소리가 다름을 지적한 것이다. 만일 다양한 표현 능력이 없었다면 이미 배우로서 끝날 수밖에 없었을 테니까.

나는 TV 연기자로 성공하지 못했지만 김수현 작가와 콤비를 이룬 정을영 연출의 4부작 주인공을 맡았다. 바이올린을 제작하는 예술가 역인데, 그 드라마가 나간 후 칭찬을 많이 받았다. 이 작품은 '캐나다 세계 드라마 페스티벌'에 출품되어 예선을 통과한 실적을 올렸다. 어쩌면 나의 연기 세계의 단면을 보여 준 작품이 아닌가 한다.

이제 연기의 황혼기에 서 있다. 사춘기에 부서진 건강으로 청춘을 지나면서 인생을 차압당해 왔지만, 좌절할 수도 없고 연극 영화의 매력에서 벗어날 수도 없었다. 조연이든 단역이든 무대 위에서 스크린에서 최선을 다했다. 20대의 호롱불처럼 깜박이던 건강은 지금 70대에 가장 건강한 그래프를 그리고 있다.

한편 인생에 있어선 감사할 일이나 배우로서는 참으로 원망스런 세월이기도 했다. 건강뿐만이 아니라 모든 면에서 부족한 자가 최고인 척 바른 척하느냐는 미움살이 잠재되어 있었는지 모른다. 연극과 인생의 괴리라고나 할까? 그러나 마지막 남은 시간을 향해 달려가든가 가다 쓰러지든가 남아 있는 시간에 운명을 맡기고자 한다. 최고의 명연기를 위해서.

■ 연극 〈따라지의 향연〉 공연 모습

4부

그해 거리에서
'연극 인생'을 살다

_ 흥사단 청강생

젊은 시절 내가 잠시 다닌 학교처럼 드나들던 곳이 흥사단이다. 명동에 있는 낡은 건물 2층에 안창호 선생 사진이 걸려 있고, 양쪽에 무실역행(務實力行), 경천애인(敬天愛人)이라 쓴 액자가 걸려 있었다.

나는 늘 배움에 목말라했다. '평생 공부'란 말은 나 같은 사람에게 꼭 필요한 말이다.

종로에 집이 있었고 학교도 무한정 휴학 상태이기도 했지만, 나는 산책 삼아 조금씩 몸을 움직여 건강을 회복해야 했기에 종로, 광화문, 명동 등을 걷는 경우가 많았다. 가판 신문의 독자였고 문화와 정치 일번지가 내가 걷고 있는 곳에 있다는 은근한 긍지도 있었다. 동아일보, 조선일보, 서울신문, 경향신문 사옥 등이 있고 국회의사당, 시청, 명동예술극장을 비롯한 영화관도 있었기에 가끔 들르기도 했다. 이를테면 이 길은 모든 분야의 중심지였다.

더욱이 흥사단은 수업료가 없어 쉽게 발길이 닿았다. 가다 보면 흰 종이에 쓴 일주일 강좌 안내판이 눈길을 끌었다. 안병욱 교수, 강원룡 목사, 김동길 박사, 함석헌 선생, 이병린 변호사, 조동필, 천관우 선생 그리고 유명 교수들과 국회의원의 이름이 줄줄이 있었다.

어느 날 내외경제연구소에서 주최하는 '김대중 목요강좌'가 눈에 들어왔다. 유명 야당 대변인이었던 김대중 선생은 호기심을 끌기에 충분했다. 현장에 가보니 수십 명이 와 있었고 김대중, 김상현 의원이 자리하고 있었다. 김대중 선생은 서민적인 인상에 꽤 미남형이었으며, 단정한 머리 모양과 눈이 초롱초롱 빛났다. 김상현 의원의 시원시원한 인사말이 끝나고 김대중 선생이 단상에 올랐다. 그는 안주머니에서 간단한 메모지를 꺼낸 후 허리띠를 졸라매는 습관이 있었다. 이제 시작한다는 신호인 듯했다. 간단한 화제의 말로 말문을 열어 긴장감을 풀었다.

한 시간 강좌는 실타래같이 언어의 사슬이 풀리기 시작하더니 끝이 없었다. 정치, 경제, 안보, 외교 등 해박한 지식은 예정 시간을 한참 넘겼다. 그러고도 '끝으로' 10분, '이제 마지막으로' 15분, 그런데 마무리 부분이 특히 감동적이었다. 우리는 어떻게 살아야 하고 무엇이 국민의 행복을 가져다주는 비전인지 결연한 의지로 말할 때 청중들은 숙연해졌다.

나는 김대중이란 인물이 크게 수난을 당하기 전이나 크게 유명인이 되기 전, 한창 의욕에 찬 선생의 40대 시절 아주 가까이에서 만났다. 나는 김대중 대학의 청강생이었고, 그의 격정적이고 분노에 찬 일갈은 간담을 서늘하게 하였다.

그러한 선생을 바라보는 청중들은 그에게서 눈을 떼지 못했다. 박수와 환호. 여기저기서 "옳소!" 하는 반응, 그리고 순간 긴장을 풀어내는 유머와 위트는 듣는 사람들을 자지러지게 하였다. 이 흥사단 강좌가 분명 선생의 미래정책이었음을 후에 알게 되었다. 특히 남북 화해와 3단계 통일론, 대중경제의 복지정책, 4대국 안보보장론, 인권과 민주주의의 신념 등은 떼려야 뗄 수 없는 기본 신념이고 후에 대통령이 된 뒤에도 변함없었다.

김대중 선생은 1969년 강좌가 마무리될 때 대통령 출마 선언을 했다. 강좌가 끝날 무렵엔 강당에 앉을 자리가 없었고, 밖의 복도뿐 아니라 계단 그 아래 골목까지 사람들이 들어차 그를 환호하는 것을 나는 처음부터 목격했다.

나를 보고 "어 왔냐?" 하며 아는 척하는 그분의 정치적 순발력을 느끼며 나는 마치 뭐가 된 기분이었다. 그러나 그 뒤 김대중 선생은 인간으로서 견딜 수 없는 압박과 죽음의 문턱으로 치닫는 고난의 시간을 보냈다. 하지만 끝내 대통령이 되었고, 노벨평화상을 받았으며, 남북 화해의 초석을 놓은 위대한 인물이 되었다. 하지만 그분의 이상세계가 진입 과정에서 좌절된 현실이 못내 슬프다.

_ 함석헌 선생

함석헌 선생은 자유당 이승만 정권 시기에 유명한 필화사건에 휘말린 적이 있었다. 선생이 "남과 북은 서로를 괴뢰정권이라 한다"고 쓴 글이 문제가 되었다. 그 뜻은 남북이 서로 주장하는 괴뢰론을 고발하고 거기에 소속된 백성은 서로 괴뢰라는 딱지가 붙어 부끄럽다는 뜻일 것이다.

지금이야 남과 북이 동시에 유엔 회원국으로 가입했으니 국제사회가 인정하는 서로 다른 나라가 되었지만, 바꾸어 말하면 "갈라져 나라를 인정받은 것이 자랑이란 말인가" 하는 물음이 존재한다.

65년 전 함석헌 선생의 글은 누가 들어도 맞는 말이다. 당시 자고 일어나면 "괴뢰들을 타도하자", "괴뢰군을 물리치자"라고 부르짖고, 북은 북대로 "꼭두정권 미국의 괴뢰정권"이라고 전방의 스피커를 통해 떠들고 있을 때였으니 말이다.

함석헌 선생은 예언자다. 흰머리에 흰 수염 그리고 흰 두루마기를 휘날리며 흰 고무신을 신고 거리에 나서면 그 모습에 민족혼이 깃들어 있는 듯했고, 민중의 스승이요 인간 존엄의 긍지를 보이셨다. 그러기에 그를 가두어도 풀어놔도 늘 자유함을 상상케 했다.

선생의 "생각하는 백성이라야 산다"는 말씀은 백성에게 깨어서 저항하고, 그래서 인간이 지녀야 할 몫을 찾으라는 외침이었다. 그는 씨올이 주인이고 씨올은 생명이라고 했다. 주인인 씨올이 짓밟히고 있을 때 그 아픈 절규가 비폭력 저항으로 소리쳤다.

그의 저항은 박정희 군부가 정권을 찬탈한 후 더욱 거세졌다. 비폭력 저항은 함석헌이 할 수 있는 최대 무기였고 투쟁이었다. 옳은 걸 옳다고, 그른 걸 그르다고 말하는 것은 일찍이 오산학교 남강 이승훈 선생의 가르침을 실천하는 것이었고, 선생은 정의로움의 길을 걸으신 깨어 있는 기독인이었다.

나는 1949년에 피살된 김구 선생이나 여운형 선생은 기억에 없으나, 함석헌 선생은 비교적 자주 가까이서 혹은 멀리서나마 뵐 수 있었다. 그 큰어른을 회상할 수 있다는 것만으로도 마음 속에 긍지로 남아 있다.

선생은 저항운동가이고 시인이요 예술가라고 말하고 싶다. 그분의 펜글씨는 무기보다 강했다. 그러기에 사람들의 마음을 움직였다.

어느 날 장준하 선생 장례 예배에 법정 스님과 함석헌 선생이 나란히 명동성당으로 걸어가시던 모습은 정말 멋진 조화였다. 지금처럼 사진을 찍을 수 있었다면 한 장 남길 만했는데 아쉽다. 종교적 입장을 떠난 가식 없는 선생의 행보는 시대를 뛰어넘었다.

오늘날 삭막한 세상에 함석헌 선생이 그리운 것은, 그는 평화와 인류의 보편적 참삶의 실천을 우리에게 깨우쳐 주었기 때문이다.

함석헌 선생이 살아 계신 동안은 어둡고 살벌한 공안 정국이었다. 그 기간은 분단의 참혹한 시대였고 씨올들의 고통의 세월이었다. 선생은 이 민족의 고통을 "세계의 썩은 것이 흐르는 하수도 역할"을 담당하는 약소민족의 설움이라고 했다. 꿈틀대는 생명, 씨올들의 외침은 하늘의 소리요, 씨올들의 존엄의 외침임을 설파하였다.

_ 통일의 꿈

'통일의 꿈'이란 제목을 놓고 글을 쓰자니 엄숙해진다. 많은 말을 쏟아낼 것만 같은데, 솔직한 마음과 순수함이 한꺼번에 밀려온다.

난 기독교 신앙인으로 이 세상 어느 하늘 어느 곳이든 하나님의 손길이 미칠 것이니 북녘땅에도 거하시리라 확신한다.

우리의 반쪽은 몸의 반쪽과 같다. 그러니 하나다. 우리 민족이라고 예외일 수 없다. 이것을 둘이라고 말하는 이들과 그렇게 세뇌시키는 이들과 그렇다고 소리치는 이들, 미국이 지켜 주고 우리는 그대로 따라가면서 잘 먹고 살면 좋은 것 아니냐고 반문하는 사람들이 있으니 부끄럽기도 하고 서글프기도 하다.

개성에서 파주까지 걸어서 금방이란 것을 모르는 사람은 없다. 그러나 그곳을 왜 못 가느냐고 따지는 사람은 드물다. 서울에서 평양까지 3시간이다. 그런데 75년 동안 그 길을 못 가는 것은 우리를 바보로 취급하는 거나 마찬가지다.

기껏 갖다붙이는 이유가 '이념이 다르기' 때문이라고 한다. 이념이 다른 사람들이 사는 묘미를 모른다. 그것이 우리가 쓰기 좋아하는 다양성 아닌가.

또 저들이 핵을 만들었기 때문이라고 이유를 댄다. 그들이 심심해서 그 어려운 핵을 만들었겠는가? 그렇다면 힘이 좀 있는 남쪽과 미국에 두려움을 느끼지 않는데도 핵을 만드는가? 그건 상식적인 생각이고 답이다.

지난 얘기지만 베트남에서도 보았다. 그리고 이라크에서도 보았고 시리아, 팔레스타인, 리비아 카다피의 비참함도 보고 아프칸에서도 보았다. 북이 동포이니 우리가 바라는 평화를 바랄 거라고 믿는 것은 하나님을 믿는 자의 태도다.

저들이 먼저 도발한다고 말하기 전에 우리가 먼저 어떤 마음을 주었는가? 북쪽도 사람이니 잘못도 있고 고칠 것도 있을 것이다. 그래서 75년 전 여운형이란 분이 쌍방의 좋은 점을 닮자고 말한 것이 오늘도 유효하다.

왜 금단의 땅이 되었을까? 그것은 크게 보면 인간사의 배반이요 하늘의 뜻에 반하는 것이다. 사람의 이기심과 욕망 앞에 눈이 멀어지면 아무것도 안 보인다는 말이 맞다. 그럴 순 없다. 그런데 없는 것이 인간사엔 또 있다. 이런 모순의 달콤함에 취해 의식을 잃는 것은 정상이 아니다.

자연에서 보면 이치를 알 수 있지만 이를 애써 외면한다. 다름이 아닌 하늘의 뜻과 천륜의 도덕률이다.

그러한 가치는 불변이다. 어떤 이념이 부모와 자식의 혈육을 강제할 수 있는가? 어디에 물어도 그것은 악행이다. 정치란 발전하는 것이다. 같이 먹고 사는 길이 있는데 왜 모든 것을 독식한 자들의 편을 들고 위세를 부리는지 반성하자는 것이다.

75년의 분단을 끊어내지 못한 것을 자랑하는 이도 있다. 전쟁을 70여 년간 하는 역사는 세계사에 없다. 이는 사람으로 스스로 책임을 지고 누가 누구에게 미루지 말고 가슴에 손을 얹고 생각해야 한다.

봄이 오면 꽃이 피고 새들이 넘나드는 그 대지 위에 서서 통일의 꿈을 꾸어 본다.

_ "너 오늘 혼 좀 나봐!"

연극의 길은 견디기 힘들었다. 그것은 기약 없는 생활고의 연속이었다. 어려움 속에서도 옷을 깨끗히 빨아입고 긍지를 갖고 꿈을 놓지 않았던 젊은 시절은 그래도 견뎌 나가는 힘이 되었다.

연극배우 생활을 시작한 지 6년쯤 되었을 때 어쩔 수 없이 연극을 잠시 중단하고, 청계천5가에 있는 도넛 가게를 보면서 "저 가게를 인수하면 연극을 할 수 있겠다" 하고 목표를 세웠다. 돈은 없고 그 가게 앞에 성남으로 출발하는 버스 종점이 있었는데, 우선 시작이 반이라고 앞에 놓인 신문 가판대를 인수했다. 그리고 성남으로 가는 버스 손님들에게 신문과 잡화 등 물건을 팔기 시작했다. 아마 성남 시민들의 반이 이 버스를 이용했고 난 버스에 올라 신문을 팔았다.

젊은 시절엔 누구나 꿈이 있듯이 나 또한 꿈틀거리는 정의감,

살아야 한다는 현실, 표현의 욕망에 사로잡힌 배우의 꿈에 목이
타고 있었다. 무엇보다 자유의 억압에서 탈출해야겠다는 사회
성이 발동한 것은 나의 정체성인 듯하다. 지금 내가 느끼고 있
는 자유의 억압을 풀지 않고서는 세상은 움직여지지 않는다는
신념이 작동하게 되었다.

그 무렵 3·1구국선언사건이 터졌다. 박 정권에 정면 도전한
민주회복사건이었고 윤보선, 김대중, 함석헌, 장준하, 문익환,
정일형, 서남동, 안병무, 문동환, 이태영, 윤반웅, 이우정, 이문
영, 김승훈, 함세웅, 문정현, 신현봉, 이해동 등 각계 지도자들
이 주권을 선언하고 나섰다. 그 자체로 긴급조치 위반으로 일부
는 구속 재판을 받기 시작했다. 시대의 지성을 대변하는 양심적
인 지도자들의 민주주의의 신념이 담긴 상징적 사건이었다.

지도자들은 영어의 몸이 되었고, 재판은 서소문 대법정에서
진행되었다. 나는 신문을 팔다 말고 대법정으로 향했다. 법정
부근엔 피고들의 가족과 시민들이 모여 시위를 하고 있었다. 검
은 테이프로 십자가를 새긴 마스크를 쓰고 '민주회복'이라고 쓴
우산을 들고 시청까지 거리 시위를 하고 있었다.

어느 날 사복 경찰들이 대법정 뒤를 기습적으로 막아섰다.
그리고 시위자들을 한 사람씩 버스에 밀어넣었다. 나 역시 붙
잡혀 태워졌다. 시퍼런 중정 요원인 듯한 사람이 날 보더니 "너
오늘 혼 좀 나봐!" 했다. 당시 중정은 호랑이굴보다 더 무서운

곳이었다. 버스 안에는 외국인 수녀와 신부, 여성들도 있었다.

　말로만 듣던 남산에 끌려가는구나 하는 두려움이 앞섰다. 오늘 받아 놓은 신문은 모두 날려 버리게 되었다. 버스가 출발하고 어느 경찰서 앞에 서더니 몇 명을 지명해 내려놓고 다시 시내를 한없이 빙글빙글 돌더니 어디론가 허허벌판에 당도했다. 그리고 나와 어떤 여인을 지목하더니 내 뒷통수를 한 대 때리며 내리라고 했다. 주위는 허허벌판, 바로 개발되기 전 여의도 한복판이었다. 결국 남산 중정은 구경도 못하고 신문은 파지가 되어 버렸다.

_ 향린교회와의 인연

기독교 교육을 받고 자랐으나 점차 교회와 멀어지게 되었다. 어린 시절 꿈인 연극에 전념하고 있을 때, 세상은 나에게 다른 물음을 요구해 왔다. 사춘기를 지나 예민한 청년 시절에 접어들 무렵, 격변의 정치적 소용돌이 속에서 인권이 짓밟히고 자유와 정의의 뿌리인 민주주의가 압살되고 있을 때 교회는 그에 대한 대답을 해야 하는 상황이 되었다.

유신 시대, 기댈 곳도 의논할 곳조차 없는 태고의 세상처럼 복종을 요구하니 저항감이 끓어올랐다. 그것은 곧 자유의 억압이고 창작 예술인에게 고하는 반인권적 선고였다. 그러나 저항하기에는 역부족이었고 분노만 삭이는 정도였다.

그런 고민을 하던 중 기독교교회협의회(NCC) 인권위원장으로 계신 조남기 목사님과 한완상 교수님을 뵐 수 있는 교회에 나가게 되었고, 그 후 목사님과 가까이 지내며 인권 문제와 나라 걱정을 함께하게 되었고 위로를 받았다. 한완상 교수님은 감옥에 계시다 미국으로 망명하듯 떠났다.

그 무렵 종로5가 기독교회관의 목요, 금요 기도회에서 구속자 소식과 인권 관련 소식 등 접할 수 없는 정보를 들으며 희망의 공동체를 발견하게 되었다.

신군부가 들어서고 6월 항쟁으로 군부의 항복을 받아낸 후 세상은 새로운 양상으로 변하고 있었다. 그것은 우리 민족의 분단 문제를 본질적으로 보는 의식이 팽배하고 광주 민주항쟁은 그에 답을 요구하는 운동으로 변해 갔다. 그러던 어느 날 신문 가십난에서 홍근수 목사라는 분의 글을 읽었다. 목사님은 간혹 소식란에 진보적 논제를 발표하여 관심을 갖게 되었다.

걸프전쟁이 시작될 무렵 미국 주도하에 27개 다국적군이 바그다드를 무차별 폭격하던 그때, "27개국이 작은 나라 하나를 정의의 이름으로 무차별 공격하는 것은 그것이야말로 정의가 아니다"라는 홍 목사님의 글을 어느 신문에서 읽었다. 당시 침묵하던 언론에 홍 목사님의 용기 있는 글을 생각하며 밤새 텔레비전으로 바그다드를 향한 미국의 폭격을 보고 이튿날 담임으로 계신 향린교회로 달려갔다.

향린교회가 세워진 중요한 역사적 의의는 한국전쟁과 무관치 않다. 어떻게 한 민족 같은 부모형제끼리 서로 죽일 수 있는가? 기독교적 양심에 의문을 품고 있을 무렵 날로 번창하던 교회들은 반공 이데올로기에 묻혀 침묵하고 있을 때였다. 이 비극적인 동족상쟁 속에 하나님의 뜻은 무엇인가? 그 답을 찾고자 안병무 박사를 중심으로 민중신학의 논제를 가지고 하나님의 뜻을 성찰하는 교회로 태동한 곳이 향린교회였다.

이 교회는 평신도가 주인이며 교회의 갱신 선언을 만들고 민중과 분단의 민족사에 침묵하지 않는 신앙인의 양심과 함께 선구적 역할을 자청한 교회로, 그 후 조헌정 목사님이 뒤를 이어 통일노동운동으로 전개하였으며, 김희헌 담임 목회로 대를 열어가고 있다.

기독교 미션스쿨을 다니고 신의 섭리 속에 긍정적 세계관을 갖게 된 것은 인간이 추구하는 삶과 분리될 수 없는 연극 영화와의 만남이었던 것이다.

_ 분단 55년 만의 만남

가장 감격스런 뉴스는 일제로부터 해방된 날일 것이다. 8월 15일, 그러나 그날의 감격은 볼 수도 느낄 수도 없고 오로지 역사적 기록으로 상상하고 느끼고 이해하고 있을 뿐이다.

또 다른 감격적인 뉴스가 있다. 그건 김대중 대통령이 평양 순안공항에 도착한 역사적인 사실이다. 분단 55년 만에 남북 정상의 만남은 그 이상의 감격이었다. 그날 온 세계가 촉각을 곤두세웠고, 세계 언론은 두 정상이 포옹하는 장면을 대서특필했다. 그날의 광경은 오욕의 역사, 분단의 한으로 얼룩진 상처가 사라지고 한 민족 한 형제임을 실증하고 있었다.

전날 밤 흥분을 가라앉히고 아침에 눈을 뜨자마자 텔레비전을 켰다. 대통령이 청와대를 출발하는 것부터 서울공항에 도착하기 전 시민들이 플래카드를 들고 거리에 나와 응원하는 모습이 생중계되고 있었다.

드디어 비행기에 오르는 순간, 1시간 30분 후면 평양에 도착한단 말인가? 그런 상상을 하던 차 비행기가 움직이자 가슴이 두근두근 뛰기 시작했다. 잠시 해설자의 설명을 듣고 있는데 비행기가 평양 순안공항 활주로에 당도하는 화면이 나타났다. 이 짧은 거리를 55년이나 걸렸단 말인가?

평양 시민들의 환호 소리가 하늘을 찌르고, 이어서 나타난 김정일 위원장, 잘 짜여진 연출 속에 전 세계를 놀라게 하는 순간이었다. 드디어 비행기 문이 열리고 모습을 드러낸 김대중 대통령은 잠시 하늘을 쳐다보며 감회에 젖었다. 그리고 서서히 비행기 트랩을 내려왔다. 두 지도자는 누가 먼저랄 것 없이 두 손을 잡고 흔들었다.

의장대 사열이 시작되었다. 두 정상은 나란히 승용차에 올랐다. 이제 됐다 싶었다. 그동안 반공이 무엇이고 승공이 무엇인지, 모든 것이 부질없는 것임을 증명하고 있었다. 이날의 광경은 모든 역사적 시공을 뛰어넘어 그간의 어리석음을 웅변하고 있는 듯했다. 통일 조국의 꿈을 안고 정치에 발을 들여놓은 김대중이란 분과 김정일 국방위원장의 만남이 무엇을 만들어 낼 것인가 흥분되었다.

승용차는 서서히 평양 시내를 향해 미끄러져 나갔다. 과연 두 분은 무슨 얘기를 나눌까? 별별 상상을 하며 정말 이 감격이 통일의 그날까지 계속되기를 기도했다.

_ 문화의 사회적 가치에 대하여

    고전 연극이나 영화의 주인공들 중 제일 선호하는 인물은 법관이다. 가난한 사람도 고시에 합격하면 날개를 달고 동네 잔치가 벌어진다. 배우들은 그런 과정을 멋지게 연기한다.

    해방 후 신문화가 형성되는 과정에서 여전히 문화는 정치의 하위 개념에 있었다. 지금도 정치, 법치, 경제 얘기는 뉴스의 중심에 있고, 진정 문화는 없다는 말을 하기가 부끄럽다.

    문화와 예술의 나라 선진국에도 정치와 법치가 존재하지만, 그 바탕에 문화가 있고 그 역할의 진가를 생각하는 수준이 우리와는 다르다. 정책적 1순위에 문화예술이 보호받고 그 영향 아래 깨어나는 국민은 일등 시민이다. 어쩌면 모든 사회악을 제어하는 안전 장치는 물리력보다 문화의 사회적 가치일 것이다.

    "법의 위력은 판결의 결과지만 문학과 예술은 원인과 과정이다." 추구하는 출발이 다르다. 이는 상반된 것인데 불행히도 우리 눈앞에 나타나는 현상은 어지럽다. 매일 흉악한 일들을 보고 듣고 살아야 하는 현실은 정치와 법치가 주도하는 반작용인지 모른다. 다시 말하면 문학과 모든 예술 장르엔 인간사가 있고 이를 객관화하는 눈이 있고 그 속에 해답이 있음을 모르는 것이다.

살아가면서 안타까운 사건들이 참 많았다. 일일이 열거할 수는 없지만 70년대 무등산 타잔 박흥순과 무기수 신창원이란 인물에 의해 벌어진 사건을 보면 과연 심판 전에 사회의 책임은 없는가 묻게 된다. 당사자는 심판을 받았고 그들이 그렇게 살게 된 사회는 무죄란 말인가.

이 두 사건의 공통점은 가난이다. 가난한 사람들이 겪어야 할 이 사회의 냉대는 그들을 범죄자로 만들어 갔다. 조금 더 인간적으로 그들을 바라보는 시선과 그들에게 기댈 곳이 있었다면 결과는 반대였을 수도 있다. 인간 존중과 인간 사랑이 있을 때 가능한 세상을 정치와 법치는 외면한다. 결과적으로 이 사회와 법은 이들을 세상과 영원히 결별시켰다.

문학과 예술은 이 사회에서 정치와 법 만능 중심에서 객관적으로 바라보게 하고 선도의 길을 이끄는 또 하나의 큰 줄기다. 그러한 영역을 넓혀 가는 것은 균형 잡힌 세계를 만드는 것이다. 그건 쉬운 일인데, 그런 안목을 가진 지도자는 정치와 법치가 외면하는지도 모른다.

_ 보존의 의미

'이순신 장군 생가 터'라는 작은 표시판이 있다. 순간 이순신 장군 생각에 젖어 보지만 실감이 안 난다. 그러나 눈을 지그시 감고 수백 년 전의 상상의 나래를 펼쳐 보았다.

우리에게 몇백 년 전의 역사와 곳곳에 남아 있는 유서 깊은 곳을 찾아 그 의미를 살려내는 작업은 꼭 필요하다. 그러나 보존되어야 할 유서 깊은 문화재급의 장소가 계속 허물어져 가고 있으니 안타깝다.

내가 어린 시절 살던 곳 가까이엔 진한 추억이 남아 있는 극장들이 있었다. 영화의 메카로 불리던 국도극장, 명보극장, 스카라 극장, 초동극장, 중앙극장, 을지극장, 계림극장, 퇴계로의 대한극장 등이다. 나는 이곳들을 큰집처럼 드나들었다. 나와 같은 세대에겐 똑같은 추억의 장소지만 지금은 다 허물어지고 변해 버려 그 앞을 지날 때면 허허롭기만 하다.

세월이 가고 시대에 따라 도시 계획이 변하는 것은 사실이나 꼭 그렇게 할 수밖에 없는 것일까?

극장도 무형문화재다. 수십 년 이 땅에서 늙어 가는 사람들의 명소요, 특히 해외에 살다 오랜만에 찾아온 사람들에게 젊은 시절의 극장은 유일한 추억의 장소요 향수가 깃든 곳이다.

광화문 일대와 피맛골 등 땅을 파헤친 곳 위에 투명 유리로 땅 속을 볼 수 있게 해놨지만, 그곳을 보면 무너진 잔해의 기둥과 돌뿐이다.

한때 피맛골은 역사적 사료가 남아 있는 곳으로 지켜야 한다는 주장이 팽배했었다. 그러나 상업적 이익에 그런 주장이 먹혀 들 리가 만무하다.

수천 수백 년 역사적 유물을 간직하고 있는 유럽에 비해 우리나라 근현대의 유물은 불과 백 년 안팎이다. 그래서 지켜야 한다는 주장은 의미가 있는 것이다.

늘 아쉽게 생각하는 것 중 하나는 영화 필름들의 소실이다. 외국 영화들은 지금도 디지털화 되어 보고 싶은 영화는 물론 좋아하던 배우들을 깨끗한 화면으로 볼 수 있다는 것이 부럽기만 하다. 그러나 우리는 어떠한가?

_ 배우에게 현실 참여란

수난도 많고 저항할 일도 많은 이 땅에 태어난 것이 운명인가? 인권 상황도 열악하고 민주주의의 토착 과정과 분단된 현실이 가슴 아프다. 정치적으로 풀어내지 못하는 반인권을 뛰어넘어 보편적 평화와 행복권을 찾기 위해 누구도 자유로울 수 없는 현실을 극복해 가는 길이 곧 현실 참여다.

열두 살에 서울에 와서 일 년 만에 4·19를 목격하고 다시 일년 뒤에 5·16이 일어났다. 4·19는 민의 혁명이었고 민주주의를 향한 진정성이 있었지만, 그 뒤의 쿠데타는 본질적으로 다르다.

김대중 선생의 등장은 박정희의 끝판을 보는 듯했지만 대통령 선거 실패 후 반대로 나타난 유신헌법은 집회와 결사의 자유를 막고 침묵을 강요했다. 이는 문학과 예술인의 본질에 반하고 기본권마저 빼앗는 것인데 무슨 문학이요 예술인가?

그러나 여기서 주목해야 할 것은 그러한 비민주 악법에 그대로 묻어 가면 된다는 분위기가 광범위하게 퍼져 종교, 정치, 법조, 교육, 문학과 예술 등 모든 분야에서 교묘히 위장 타협하고 침묵의 길을 선택 강요한다는 것이다.

배우의 길은 침묵이 금이다? 속은 빼버리고 무소견의 광대가 되는 것이 유리하다는 말인가?

배우는 작품의 인물만 창조하면 된다는 논리는 작품을 떠나 삶이 있음을 부인하는 것이다. 영혼을 접어야 하는 이중적 삶의 강요다. 배우의 길은 권력에 순응하는 운명을 지니고 있다는 말이다. 재능과 기능을 보장받는 것은 권력의 제도권 안에서 시간과 공간이 보장받는 길이기 때문이다.

또한 침묵의 강요와 배우의 운명은 묘하게 닮은 듯하다. 거기에 동의하지 않으면 차별이 따른다. 그건 곧 배우의 시간과 공간을 빼앗기는 길이다. 그러기에 현실 참여는 내적으로 곪은 상태가 터져 거리로 나가게 되기도 한다.

현실 참여는 안과 밖에 설 수 없으므로 시작된다.

_ 첫 해외 공연과 일본

1979년 10월 26일 밤의 총소리는 박정희 시대의 종식을 알렸다. 아침 신문 1면을 뒤덮은 시커먼 활자에 화들짝 놀라 가슴을 쓸어내리고 있는데 여행사 직원의 다급한 전화가 왔다. 12월 초 우리 극단이 일본 공연을 가기 위해 여행사와 비자 문제로 긴밀히 연락을 주고받고 있던 터였다.

전화를 받는 순간 이제 좋은 세상, 민주주의가 도래했다는 생각이 들었는데, 여행사 직원은 좀 언짢은 듯 "지금 기분이 좋으신가요?" 하고 핀잔을 했다.

그러나 더 급한 문제는 28일부터 시작되는 일본 스바루극단의 내한공연이었다. 일본 단원들이 이미 도착해 묵고 있는 프라자호텔로 급히 달려가니 김정옥 선생님과 일본 극단 대표 후쿠다 선생이 대통령 서거로 야기된 공연 문제로 진지하게 대화를 나누고 있었다. 문제는 계엄령이 선포되었으니 계엄사의 허락이 떨어져야 공연을 할 수 있다는 것이었다.

하루종일 마음을 졸이고 있는데 이튿날 예정대로 공연을 하라는 계엄사의 허락이 있었다. 국제간의 약속된 비정치적 예술 행위이기에 결정이 쉽게 난 것 같다.

12월 중순경 우리 극단은 일본 공연을 떠났다. 이 역시 답례차 비정치적 공연이니 별탈 없을 거라는 판단에서였다. 어수선한 정국이지만 일본 첫 해외 나들이 공연은 예술인들만이 누릴 수 있는 혜택이었다.

광화문 거리는 살벌했다. 군용 트럭이 지나고 계엄군이 무장한 채 거리를 누비고 있었다. 이 와중에 우리 극단은 일본 공연 연습을 진행했다. 당시 단체로 일본 나가기가 그리 쉽지는 않았지만 한일 국교 수립 후 첫 '한일 연극 교류'였으니 의미 있는 공연이 된 것이다.

한 시간 반 만에 나리타 공항에 도착했다. 입국수속을 마친 다음 버스를 타고 도쿄 시내로 진입했다. 그리고 호텔에 여장을 풀고 저녁 만찬장으로 향하는데 '오히라 타도! 공산당 전당대회!'라는 빨간 포스터가 눈에 띄었다.

한국은 당시 '남민전사건'이 터진 지 얼마 안 되었고, 세상은 빨갱이를 잡겠다며 뒤숭숭하던 때였다. 계엄 하에 반전시 같기도 했지만 불과 두 시간 거리의 일본땅에서는 공산당 전당대회니

수상을 타도하자느니 하는 낯선 풍경에 웃어야 할지 울어야 할지 부럽기도 하고 놀라울 뿐이었다. 바로 이웃 도쿄와 서울에서 정말 알 수 없는 인간사를 보는 듯했다.

예정대로 도쿄, 오사카, 나고야 공연을 마치고 교토에 도착, 나라 등의 관광 일정이 잡혀 있었다. 교토의 첫인상은 모든 거리와 상점들이 잘 정돈되어 있고 일본 전통문화 역시 여행객들의 눈을 끌기에 충분했다. 도쿄에서 제국극장을 방문한 것과 가부키 일본 전통 연극이 잘 보존되어 있는 것이 부러웠다. 우리 전통 연극인 창극과 여성국극도 활성화되었으면 하는 마음이었다.

_ 극장에 불이 꺼졌다

"극장에 불이 꺼졌다"는 말은 문화가 꺼졌다는 말과 같다. 어느 나라건 극장은 대중들의 집이요, 마음을 주고받는 공간으로 마술 같은 장소다.

일제시대 민족의 정체성이 말살되고 자유가 억압되던 시기에도 극장은 불을 밝히고 거기에서 설움과 분노를 삭이며 위안을 받곤 했다.

전쟁통에 피난길에서도 연극을 공연했고, 빈 공간만 있으면 막을 설치해 놓고 광대들의 연기에 울고 웃었다.

휴전이 되고 거리에 함마 소리가 요란하던 때 새로운 영화가 등장하여 선도적 역할을 하기 시작했다. 휴머니즘 정신에 갈등과 모순, 불의와 정의를 구분짓는 안목을 깨우치게 했으며, 전쟁 후 가난 속에 싹튼 청춘들의 사랑을 노래했다.

한편 연극은 연극대로 신극 운동이 활발히 일어날 무렵, 무대를 동경하며 극장의 불빛을 향해 불나방처럼 몰려와 환희의 몸짓으로 새 문명을 알리는 전령사처럼 술렁였다.

어느 날 전통 무대 공연의 산실인 명동예술극장(시공관)이 자본가들의 등쌀에 밀려 본격 상업시대로 변질되며 "문화는 배고프다, 배를 채워 주지 못한다"는 단순 셈법으로 극장을 '금융투자센터'로 변질시켜 근대 문화의 산실을 없애 버렸다.

거기에 더 큰 극장을 세운다는 명목과 감언이설로 문화예술인들을 속이고 변두리로 내몰았다. 그 후 명동은 유서 깊은 문화예술의 명소에서 상업지대로 바뀌었으며, 낭만과 멋과 예술의 메카가 시장이나 다름없이 되었다. 지금 다시 생각해 봐도 그만큼 과학적인 방음 구조를 가진 극장은 없다는 사실이다.

그 일은 시작에 불과했다. 영화나 공연은 본질이 외면되고 자본의 상품화 시대로 서서히 변질되었다. 어떤 건 느리게 어떤 건 아주 빠르게, 작가도 배우도 시대에 맞춰 부화뇌동하며 그 길에 일조해야 살아 남는 시대로 가고 있는 것이다.

순수는 아름다움의 시작이지만 이익을 극대화하기 위해 서로 견제하고 이익을 쫓아가는 경쟁시대로 가고 있다. 진실은 따분하니 자극적인 선정주의가 판을 치고, 폭력적 자극을 더해 진실의 리얼리티가 사장되고 있다. 작품은 품위를 상실하고 흥행 제일주의로 가기 위한 자극으로 관객의 눈을 멀게 하고 있는 것이다. 그 길은 멀리 보면 망하는 지름길이다.

오늘의 문화는 계층화되고 다양성 뒤에 특권화 시대로 둔갑하고 있다. 문화의 천민화와 고급화는 한편으로 쏠리게 되는 계층구조를 만들고 서로를 바라보는 차별의 눈은 증오로 변화되고 있다.

또한 무한대로 생산해 내는 영상예술은 대기업의 독점과 영세한 소자본 독립영화로 갈리고, 무엇보다 인재를 발굴해야 하는 현장은 비전문적 자본 뒤에 초라하게 몸을 웅크리고 있는지도 모른다.

문화예술은 가치가 존중되어야 한다. 허물어지는 예술정신을 추구하는 고난 속의 예술인들이 좌절해서야 될 일인가? 진주가 땅에 묻히면 어찌 알 수 있을 것인가? 더러운 잇속만을 찾는 흙탕물 속에서 가치를 추구하는 예술인들이 서야 할 곳이 곧 추락지점에서 떨고 있을 뿐이다. 물질은 순수한 영혼을 잃게 하는 괴물이다.

_ 만인의 정서를 잇는 노래, 봉선화

　중학교 교내 음악 콩쿠르 대회가 있었다. 출연자에게 자유곡과 지정곡이 정해졌는데, 지정곡은 홍난파의 '봉선화'였다. 1961년경으로 기억되는데, 반 대표로 출연할 즈음 막 변성기가 시작되어 아주 어렵게 불렀던 생각이 난다.

　그 '봉선화' 노래를 요즘에는 거의 들을 수 없다. 먼 옛날도 아니건만 시대가 많이 변했다. 그러나 '봉선화'를 부르고 듣던 그때 그 시절의 노래는 우리의 민족혼이 살아 있었던 것 같다. 식민지 시대의 암울함과 민초들의 아픔을 노래보다 더 감동을 주는 것이 있을까?

　남북 교류가 있던 어느 해, 남쪽 가수들이 평양극장 북녘 동포들 앞에서 노래를 불렀다. 우리의 명가수 이미자, 조용필, 태진아, 최진희 등과 신세대 가수들이 노래와 무용으로 뜻깊은 만남을 가졌던 것이다.

북녘은 그들대로 남쪽 동포들에게 그들의 체제에 익숙한 곡들을 선곡해서 왔을 것이다. 모든 예술도 어떤 체제와 이념의 산물이라는 것을 알 수 있었다. 그런 가운데 남쪽 노래에 북녘 동포들의 낯설어하는 표정이 화면을 통해 전해졌다.

최진희의 노래 '사랑의 미로'는 북쪽에도 널리 퍼져 있다는 소문을 들었고, 김연자의 엔카풍 노래를 김정일 위원장이 좋아한다는 말을 들을 때 어떤 정서적 공통점이 있음을 짐작하게 된다. 하기사 음악만큼 만인의 정서를 잇는 그 무엇이 있을까?

서울에 온 북녘 가수들도 그들의 노래를 열창했다. '휘파람' '반갑습니다' 등 분단 이후 그들이 발전시켜 온 음악은 낯설기만 했다.

그러나 음악회가 끝나갈 무렵 북녘의 '사향곡'이라는 바이올린 연주가 흐를 때, 아늑한 향수에 취하듯 마음이 편안해짐을 숨길 수 없었다. 이어서 홍난파의 '봉선화'가 들려오는 순간 그 가수의 무게감과 함께 동질의 민족혼이 느껴져 울컥했다.

'봉선화' 노래를 모르는 사람이 있을까? 백 마디 말보다 하나의 선율은 '우리는 하나'라는 울림으로 다가오고 있었다.

_ 오늘의 '오장군'을 누가 만드는가

박조열 선생의 희곡 〈오장군의 발톱〉에 나오는 오장군은 비극적 인물이다. 그는 아주 착하고 때론 바보 같을 정도로 소박하다. 산골에서 농사를 짓는 청년이니 세속에 물들지 않은 인물이다. 그 오장군은 어머니와 동네 꽃분이와 함께 행복하다.

그런데 그 마을에 갑자기 폭격기가 뜨고 전쟁이 발발한다. 어느 날 다른 사람에게 갈 군대 영장이 잘못 전해져 오장군은 전쟁터에 차출된다. 물론 끌려갈 때는 본인이 가야 하는 것으로 알았지만.

얼떨결에 끌려간 군대는 자신이 살아온 환경과는 완전히 다른 조직이어서 어리둥절할 뿐이다. 박조열 작가는 다분히 우화적으로 작품을 그려 나갔지만, 우리의 현실을 직시하게 된다.

세상 물정 모르는 어리바리한 오장군을 보며 '동쪽나라' 사령관은 어떤 계략이 떠오른다. 적의 '서쪽나라'에 침투시켜 잘 이용하면

유리할 거라는 계략이다. 그래서 잘 훈련시켜 어느 날 밤 적군에 침투시킨다. 오장군은 천성적으로 거짓말을 못하니 임무를 수행하다가 서쪽나라에 붙잡히게 된다. 전쟁을 막고 동쪽나라에 유리하게 되었지만 서쪽나라에선 이 자의 행동이 정확하고 동쪽나라의 첩자였으니 사형을 시켜 버린다.

그리고 서쪽나라 침투 전에 미리 잘라 놓은 오장군의 머리카락과 손톱 발톱을 동쪽나라 전령이 홀어머니에게 전달한다.

오장군은 오늘날의 우리 모습과 닮았다. 남북으로 갈린 우리의 처지와 젊은이들의 모습과 희생은 수많은 오장군일 수 있다. 우리가 원하지 않고 평화롭게 살고자 하는 그 희구가 전쟁이라는 냉혹한 현실에 희생되고 있다. 그건 70여 년 동안 지금도 계속되고 있다. 분단으로 혹은 정치적으로 이용되고 있는 오장군 같은 착한 민중들의 모습을 보고 있는 것이다.

그와 같은 상황이 친일세력을 낳았고 그 세력을 척결하지 못하고 이어지는 적폐세력은 오늘날 또 하나의 동쪽나라 사령관 같이 민중 오장군을 희생시키고 있는 것이 현실이다. 친일은 적폐를 낳았고 적폐는 친일세력과 더불어 이 땅에 착한 사람들의 희생을 요구하는 것이다.

시대는 계략과 음모의 오물로 넘쳐난다. 친일과 적폐를 몰아내자는 구호만 있을 뿐 실제는 기생하여 서로 도우며 살아간다.

그것이 어쩌면 보수와 진보라는 듣기 좋은 말로 둔갑하여 서로를 공격하는 구실이기도 하고 때론 공생도 한다. 진정으로 오늘의 오장군은 누가 만들고 있으며, 오장군같이 착한 민중을 누가 희생시키고 있는 것인가?

나는 2010년 연극 〈오장군의 발톱〉에 출연하면서 작가 박조열 선생과 교감을 나누는 기회를 갖게 되었다. 그리고 몇 년 후 선생은 세상을 떠나셨다.

_ 그해 거리에서 '연극 인생'을 살다

1987년 1월 14일 서울대학교 학생 박종철 군이 남영동 대공분실에서 물고문으로 억울하게 죽임을 당했다. 세상은 기막힌 현실에 경악을 금치 못했고, 그의 사십구재 날 국민의 분노는 하늘을 찌를 듯 전국으로 번진 봉기에 불을 붙였다.

매서운 찬바람이 부는 3월 3일, 나는 시위에 참여하기 위해 검은 옷을 입고 조선호텔 앞으로 갔다. 시위의 발원지는 미도파 앞이었지만 이미 경찰들이 바리케이트를 치고 시민들을 막고 있었기 때문이다. 그런데 오후 1시를 기점으로 시위 예정 시간에 갑자기 미도파 쪽에서 최루탄 터지는 소리가 요란했다.

그러자 내가 있던 곳에 수백 명의 시위대가 전열을 가다듬고 "종철이를 살려내라!"는 구호를 외치는 순간 내 앞에 대형 플래카드가 갑자기 펼쳐졌다. 그때 나도 모르게 플래카드를 잡게 되면서 어쩌다 중앙에 서게 되었다. 그리고 구호를 외치며 앞으로 전진하는데, 누군가 내 목에 박종철 군 영정사진을 걸어 주는 것이 아닌가? 이어서 머리에 삼베 두건을 씌우니 영락없이 상주 모습이 되었다. 그렇게 10여 미터 전진하는 순간 사과탄이 비 오듯 쏟아져 주위는 아수라장이 되었고, 시위대는 뒤로 물러서게 되었다. 그 후 방송에선 시위에 참여한 사람들을 일망타진 해 모두 구속시킨다는 뉴스가 흘러나왔다.

그 해는 세상이 어수선하고 긴장감이 고조되었으며 신군부와 결판을 내야 하는 분위기가 팽배해 있었다. 김대중 선생은 미국에서 돌아온 후 가택연금 중이어서 동교동 선생 댁은 늘 경찰들에 둘러싸여 있고, 지지자들은 더 이상의 연금은 인권 찬탈이라며 집 앞에서 시위를 했다. 나 역시 그 시위에 참여하다 경찰 버스에 실려 가기도 했다.

시위는 끝판을 보기 위해 집요하게 전개되어 나갔다. 그러자 수백 명의 학생들을 명동성당에 가두는 일이 벌어졌다. 아니 그곳에서 농성이 시작되었고, 전후방에서 시위대는 계속 이어지고 있었다.

큰 이슈는 '박종철 군 사망 책임자 처벌'과 '민주주의 회복'이었다. 그때 향린교회에서 민주쟁취국민운동본부가 결성되었고, 국민과 정부의 한판 전쟁을 예고하고 있었다. 그런 와중에 6월 9일 이한열 군이 경찰 최루탄에 머리를 맞고 사망하는 사건이 또 발생했다.

드디어 6월 항쟁은 전국적으로 번져 나갔다. 박종철과 이한열 군의 희생은 결코 묵과할 수 없는 정의의 횃불로 변했고, 6월 10일 오후 5시 미도파 앞에 집결해 "호헌철폐 독재타도", "이한열을 살려내라"는 구호를 외치며 집회는 삽시간에 들불처럼 번져 나갔다.

나 역시 정의와 자유를 쟁취하고자 하는 시위에 가담하였다. 단 한 알의 밀알이 되고자 시내 곳곳을 돌아보니 시민들은 갈수록 더욱 불어나고 곳곳에서 수십 명씩 모여 토론이 벌어지고 있었다. 이는 분명 혁명적인 분위기였다. 그러한 열정적인 젊은이들이 이 땅에 존재하는 한 대한민국은 희망이 있다는 확신을 하기에 이르렀다.

연일 명분과 진리를 앞세워 싸워 나가던 시위는 진퇴양난에 빠진 전두환을 더욱 몰아갔다. 이제 그는 독 안에 든 쥐와 같은 처지였다. 또다시 광주처럼 국민을 살상하든가 국민 앞에 무릎을 꿇든가 양단간의 길밖에 없었다. 그럴 즈음 차기 주자였던 노태우 씨가 모든 민주 절차를 밟아 직선제로 전환하겠다고 선언했다. 그것은 국민 앞에 항복하는 것처럼 보였으나 함정이 있었다. 야권은 분열했고, 군부가 재집권하는 비극이 벌어졌다. 민주주의는 이렇게 힘든 고개를 넘어 왔다.

2017년, 민주주의는 다시 국민들의 희생을 요구했다. 장장 넉 달간 촛불을 들어야 했고, 나도 그 현장에 있었다.

■ 두 번째 모노드라마 〈별의 노래〉의 한 장면

5부
나의 영화 이야기

_ 〈양산도〉의 기억

전쟁이 끝나고 영화가 막 기지개를 켜던 시절이다. 어느 날 김기영 감독의 영화 〈양산도〉 홍보 현수막이 시골 거리에 나붙었다. 마침 서울에서 고향에 온 분이 "어머, 〈양산도〉가 여기에 들어왔네?" 하고 반기던 것이 생각난다. 거기에 '서라벌영화사'라는 자막이 붙어 있었다.

내 나이 여덟 살 때 그 영화를 보았으니 뭘 알겠냐만, 50년 후에 영상자료원 자료로 그 영화를 다시 보니 화면은 느리고 깨끗하지 않았지만 놀랍게도 그때 기억이 생생하게 떠올랐다.

배우 김삼화, 조용수, 김승호, 박암 등이 출연한 〈양산도〉는 음습한 화면으로 전개된다. 계급사회의 갈등과 천민들의 비참한 삶을 적나라하게 보여 준 봉건사회의 비정. 가난에 찌든 어둡고 을씨년스런 화면과 양반사회의 일면이 대비되어 드러난다.

그러나 관가의 가무와 거문고 소리는 옛 영화의 화면 속에 특별한 울림이 있다.

관가에 신부를 빼앗기고 억울해하며 사라져 버린 아들을 찾아 길을 떠나는 어미의 애통함이 화면에 가득하다. 허리에 봇짐을 매달고 시냇물을 건너 계곡에 올라 절벽에 다다랐을 때 절망적으로 들려오는 격정적인 판소리 가락은 오늘날까지 느껴보지 못한 슬픈 진혼곡이었다. 요식적으로 들려오는 판소리 가락과 감동의 소리는 크게 다르다.

영상자료원에 있는 〈양산도〉 마지막 장면이 10분 정도 잘려나가 아쉽기만 하다. 그래서 나의 기억을 자료로 남기고 싶다.

족두리를 쓰고 가마를 타고 강제로 시집을 떠나는 재취 신부는 남편의 무덤을 지나는 길목에 다다른다. 그때 가마가 잠시 멈춘 사이 신부는 마지막으로 남편의 무덤에 절을 올리기 위해 내린다. 그리고 한 걸음 한 걸음 무덤을 향해 가는데, 사람들 속에 서 있던 시어머니가 며느리에게 달려들어 칼로 찌른다. 순간 쓰러진 며느리는 기어서 남편의 무덤으로 간다. 겨우 도착해 무덤 위에 쓰러지는데 갑자기 무덤이 흔들리더니 사모관대를 쓴 남편이 나타나 그녀를 데리고 하늘로 승천하는 것이 아닌가? 어머니가 이 광경을 올려다보면서 영화는 끝을 맺는다.

어릴 적 감동과 정서를 어떻게 설명할 수 있을까? 어린 시절 몸에 밴 정서는 평생을 간다는 말이 증명되는 순간이다.

이 영화에서 배우 김승호 선생을 처음 보았다. 사람의 얼굴을 눌러 질식시키는 장면에서 선생의 표정 속 일그러지는 광기와 눈빛 연기는 지금도 서늘하게 다가온다. 배우 김승호 선생의 연기는 그 순간부터 나에게 각인되어 지금도 또렷하게 살아 있다.

_ 극장 순례

나는 학창시절 서울 중심에 살았다. 이를테면 종로, 을지로, 충무로였는데, 그곳엔 그 시절의 추억이 서려 있다. 그리고 그곳에 있던 극장들은 나와 가까이 지낸 인생 도서관이었다. 가난하고 외로운 사람들을 심리적 유토피아의 세계로 이끌었던 곳이 그 시대의 극장이었다.

종로에 있는 우미관에서 처음 본 영화는 〈원체스터 73〉이라는 서부극이었다. 우미관은 가장 만만한 2류극장이었지만 좋은 영화를 많이 상영했다.

또 기억나는 것은 스티브 리브스 주연의 〈헤라클라스〉, 클라크 게이블, 그레이스 켈리 주연의 〈모감보〉는 잊을 수 없는 영화다. 당시 학생 입장 불가 영화를 보다가 검열관(학교에서 파견된 교사)에게 들켜 끌려 나가는데 컴컴한 극장 안에서 친구가 도망가라고 싸인을 했다. 순간 날 쫓던 교사가 친구를 쫓다가 모두 놓쳐 버렸다. 학교에 보고되면 정학이었고, 난 그런 학칙에 굴복할 수 없었다. 친구와 같이 탈출에 성공해 '영광의 탈출' 노래를 흥얼거렸다.

또 잊을 수 없는 종로5가 평화극장(없어진 한일극장)에서 박노식, 이경희 주연의 〈사모님〉(59년작) 영화를 보았다. 박노식은 멜로의 주인공으로 청순한 이경희와 로맨틱한 배우로 등장했다.

대한극장은 우리 집 가까이 있었다. 까까머리 시절 유명한 윌리엄 와일러 감독의 〈벤허〉 그리고 제임스 딘의 〈자이언트〉, 로렌스 올리비아 주연의 〈애정(폭풍의 언덕)〉 등 많은 영화를 본 극장이었다. 지금까지도 대한극장은 나의 작은 집이다.

대한극장 건너편엔 아데네극장이 있었는데 학생 전용관으로 클리프 리처드의 〈틴에이저 스토리〉를 보았다. 고등학교 시절 어느 여학생과 데이트 겸 영화 감상을 시도했는데 학생 관객이 너무 많아 서 있을 공간도 없이 숨이 막힐 정도로 답답했지만 클리프 리처드의 멋진 노래와 매력에 푹 빠졌었다.

충무로 초동극장은 2류극장이었다. 아담한 2층 공연장 같은 모던한 이 극장에서 유현목 감독의 〈오발탄〉을 보았다. 이 영화는 나에게 사회의식을 심어 준 영화였고, 명배우들의 연기에 취한 불후의 명작으로 각인되었다.

그 옆엔 개봉관인 명보극장이 있었는데 입장료가 비싸 부담스러웠다. 그래도 1966년작 이만희 감독의 〈만추〉를 보았다.

이 영화는 영상도 뛰어났고 배경 음악도 고독을 느끼게 했다.

명동에 가면 코스모스백화점 건너 아담한 서구식 명동극장이 있었다. 당시 〈마담X〉라는 미국판 멜로 영화를 보고, 오드리 햅번과 캐리 그랜트 주연의 〈샤레이드〉를 인상 깊게 보았다.

삼일로의 중앙극장도 빼놓을 수가 없다. 배우 김자옥의 아버지가 운영했다는 소문도 있었는데, 다 기억할 순 없지만 조지 차키리스와 클라우디아 카르디날레의 〈부베의 연인〉과 〈별리〉라는 영화를 보았다.

광화문 쪽에 가면 아카데미극장과 그 옆에 시네마 코리아가 있었다. 아카데미극장은 옆에 음악감상실도 있어 자주 갔지만 신성일, 엄앵란의 전용관처럼 두 사람의 영화가 계속 상영되었다.

역사와 전통이 있는 국제극장은 국도극장과 쌍벽을 이루는 방화 전용 극장으로 개봉 영화의 흥행을 가늠할 수 있는 곳이었다. 첫날 관객 줄이 얼마나 길게 늘어섰는가가 흥행의 성패를 좌우했다. 많은 영화를 봤지만 기억에 남는 건 나운규의 〈아리랑〉이다.

그때는 변두리에도 극장이 많았다. 청량리의 신도극장, 동일극장, 오스카극장, 시대극장 등이 있었고, 시내 쪽으로 오면 신설동에 동보극장이 있었는데 초등학교 6학년 때 강대진 감독의 〈해 떨어지기 전에〉를 보고 배우 김승호의 연기에 빠졌던 기억이 난다. 그보다 청계천에 있는 청계극장에서 주제가로 유명한

〈카튜샤〉를 보고 최무룡, 김지미에 빠져들기 시작했다.

또 기억나는 극장은 천일백화점 내의 천일극장이다. 집에서 가까워 가끔 가곤 했는데, 그때 화장실 향수 냄새가 지금도 생각난다. 여기서 신성일의 첫 주연 영화 〈백사 부인〉을 보았다.

집에서 제일 가까운 극장은 중부극장이었다. 중부시장 안에 있었는데 노필 감독의 〈심야의 고백〉을 보았다. 러시아의 〈죄와 벌〉을 번안한 영화인데 최무룡이 한국판 라스콜리니코프 역을 맡아 예리한 지적 연기를 멋지게 해냈다.

그리고 종로3가 단성사에서 커크 더글라스의 〈건힐의 결투〉와 〈거대한 전장〉을 보았다. 〈스팔타카스〉는 단성사에서 놓치고 경남극장에서 두 번 본 감동적인 영화였다.

피카디리에선 한국 영화 이대엽 주연의 〈철조망〉과 이탈리아 뮤지컬 영화 〈길은 멀어도 마음만은〉을 보았다. 건너편 세기(현 서울극장)에서 본 영화는 제임스 스튜어트의 〈세난도〉다.

영화는 극장에서 보는 것이 원칙이지만 표를 마음대로 살 수 없는 학생이었고, 방화는 주말 흑백 텔레비전으로 빼놓지 않고 보았다. 그 재미있고 멋진 영화들이 거의 소실되었다니, 정말 안타깝다.

_ 이만희 감독의 〈만추〉

영화 〈만추〉는 여러 번 리메이크되었다. 작가적 상상력을 감독의 감각으로 새롭게 만들어 내는 것이 영화의 장점이다.

김지헌 원작, 이만희 감독의 〈만추〉는 1966년에 첫 상영된 작품으로 올드팬들에겐 영상 영화의 대표작으로 각인되어 있다. 물론 당시 평론가들로부터도 높이 평가받은 작품이다.

영화는 두 남녀 죄수가 휴가를 받아 완행열차 3등칸에서 우연히 조우하는 장면에서부터 시작된다. 흑백 필름에 가을 정취가 리얼하게 담긴 영화는 쓸쓸한 화면 가득 배우 문정숙과 신성일의 짙은 외로움이 묻어 나온다.

이만희 감독의 〈만추〉를 더욱 빛낸 이는 서정민 촬영감독이다. 영상 속의 나목들, 갈대숲, 갯벌, 낙엽, 스산한 바람, 배우의 남루한 의상과 연기 등 어느 것 하나 지나침 없이 자연스럽다. 이 또한 감독이 원하는 이미지와 분위기를 주문하고 타협하는 과정이 있었을 것이다.

그리고 절제된 대사와 심리 묘사는 언어를 대신한다. 뿐만 아니라 영화에 깔린 음악은 영화를 더욱 처연하고 쓸쓸하게 한다. 〈만추〉 속으로 들어가 보자.

마지막 기다림

동물들의 울음소리가 동물원(당시 창경원) 경내에 울려 퍼진다. 세찬 바람에 낙엽이 우수수 떨어진 어느 날, 여인은 바바리 코트 깃을 올리고 꽃무늬 스카프를 두른 채 멀리 한 곳을 응시하며 벤치에 앉아 있다. 추위를 설명하듯 볼은 핏기 없이 까칠하다. 시간이 지나도 약속한 남자는 나타나지 않는다. 초조함과 외로움에 온몸이 석고처럼 굳어진다. 시간이 흘러도 흘러도 남자는 끝내 나타나지 않는다. 여인의 큰 눈망울에 눈물이 고인다. 기다림은 체념의 늪으로 빠져들어 간다.

첫 만남과 헤어짐

두 남녀 죄수는 완행열차 3등칸에서 우연히 만나 마음으로 교류한다. 그 후 이유 없이 끌리어 하루를 지내게 되는데…. 기차에서 내린 후 남자는 여자를 무작정 따라나선다. 약간 이상하게 느꼈으나 여인 역시 헤어지기 싫은 듯한 모습이다. 두 사람 사이에는 외로움이라는 동질감이 숨쉬고 있다. 그동안

성묘를 못한 여자는 어머니의 산소를 향해 가는데 남자도 용기 있게 따라붙는다. 여인이 어머니 묘에 큰절을 올리자 따라서 넙죽 큰절을 한다. 그리고 서로 마주보고 웃지만 쓸쓸하다.

그들은 웬일인지 해방감에 사로잡힌다. 누가 먼저랄 것 없이 손을 잡고 드넓은 갯벌에 당도한다. 그리고 자연에 몸을 맡기듯 하늘을 향해 소리친다. 멀리서 들려오는 카세트 음악에 맞춰 몸을 흔들며 춤을 춘다. 그리고 약속한다. 다음 날 대구교도소로 돌아가기 위해 밤 11시 서울역 대합실에서 만나기로 하고 헤어진다.

이튿날 약속한 서울역에 여자는 미리 와 있다. 그리고 기다린다. 늦은 밤 대합실은 칙칙하고 어둡다. 시간이 다 되어도 남자는 나타나지 않는다. '혹시?' 불안감에 초조하다. 기적 소리가 요란하다. 벽시계가 11시를 가리킬 때 기적 소리는 멀리서 재촉하듯 또 울린다. 모든 손님이 개찰구를 빠져나가고 여자만이 남았다. 그래도 '혹시?' 하다 체념하듯 막 나가려는 순간, 남자의 다급한 소리가 들린다. 환희와 기쁨의 뜨거운 포옹. 떠나는 기차를 타기 위해 두 사람은 뛴다. 그리고 간신히 마지막 칸에 매달린다. 기차는 기적 소리를 울리며 움직인다.

기차는 한없이 어둠을 뚫고 달린다. 달리던 기차가 갑자기 캄캄한 벌판 한가운데서 멈춘다. 그 순간 두 사람은 어리둥절하는데, 잠시 정적이 흐른 후 순간 어떤 욕망이 치솟듯 밖으로 나간다. 풀벌레 소리는 요란하고 들판은 암흑이다. 그들은 기차 레일 아래 몸을 맡기고 정사를 벌인다.

기차는 다시 밤새 달려 새벽에 대구교도소 앞에 도착한다. 아직 동트기 전 새벽, 두 사람은 포장마차에 가서 우동을 시킨다. 그리고 말한다. 출감 후 몇 월 며칠 몇 시 창경원 버드나무 아래 벤치에서 만나자고.

침묵이 흐른 후 교도소의 육중한 철문이 열리고 여자는 들어간다. 발길이 무겁다. 다시 돌아보며 눈빛으로 서로의 약속을 다짐한다. 그리고 몸을 돌린 후 무겁게 다시 걷는다.

이듬해 만나자고 한 그날 그 시각에 여자는 나타난다. 세찬 바람이 부는 그곳 그 자리에서 여자는 누군가를 기다린다. 그러나 아무도 나타나지 않는다.

낙엽이 우수수 나부낀다. 여인은 초조하다. 시간은 흐른다. 그래도 그 남자는 오지 않는다. 여인의 볼에선 하염없이 눈물이 흐른다. 바람은 더 세차게 분다.

이만희 감독의 〈만추〉는 내가 본 영화 중 오래도록 기억에 남아 있는 명작 중의 한 편이다.

_ 노예 스파르타쿠스

먼저 노예 스파르타쿠스가 실존 인물이라는 데 놀랐다. 그는 기원전 73년 동료들과 함께 로마 공화정에 대항해 봉기했고, 그 전쟁은 3년간 지속되었다. 당시 광산 노예나 농장 노예들은 로마가 일궈 낸 영광의 그늘 속에서 비참한 삶을 살아야 했다.

영화 〈스파르타쿠스〉 초반부에는 기본권조차 보장받지 못한 노예들의 가련한 처지가 자세히 묘사되어 있는데, 이를 통해 그들의 반란이 필연적인 것이었고, 인간답게 살기 위한 유일한 방편이었음을 설득해 내고 있다. 영화는 스파르타쿠스가 검투사가 되고, 전쟁에 가담해 다른 노예군을 지휘했던 실제 역사적 사실을 근간으로 하고 있지만, 세부 스토리는 크고 작은 허구의 요소들로 구성되어 있다.

1960년 스탠리 큐브릭 감독이 연출하고 배우 커크 더글러스가 제작 주연한 이 영화는, 당시 윌리엄 와일러 감독의 〈벤허〉가

전 세계를 강타한 후 큰 기대 속에 촬영이 시작되었다.

1962년 단성사 극장에 붙은 선전 간판에는 커크 더글러스를 비롯해 세계적인 명배우 로렌스 올리비에, 진 시몬스, 토니 커티스, 피터 유스티노브, 존 게빈, 안토니아 등 화려한 배우들이 포진되어 있었고, 영화팬들의 마음을 들끓게 했다.

〈스파르타쿠스〉라는 작품은 러시아 볼쇼이 발레단의 무용극으로도 러시아의 자랑이 되었고, 고난도 훈련은 이미 전 세계적으로 유명했다. 예술은 노예의 반란을 극적으로 승화시킴으로써 처절한 노예들의 삶 속에 인간의 존엄과 영혼의 소리를 담아 관객들의 공감을 불러일으켰다.

영화를 만든 커크 더글러스는 공산주의자라는 의심을 받을 정도의 위기에도 배우의 생명을 걸고 작품을 야심차게 기획했다. 완성된 작품은 한때 상영 금지가 내려지기도 했고, 이유는 앞에서 말한 이념적인 것이 깔려 있고, 작가 돌톤 트럼보 역시 소위 매카시 선풍 때 허리우드의 좌익 작가로 몰리던 시기였기에 더욱 곤경에 빠진 것이다.

유명한 윌리엄 와일러의 〈로마의 휴일〉을 자신이 쓰고도 다른 사람의 이름으로 나갈 수밖에 없는 작가적 아픔이 있기도 하다. 뿐만 아니라 그런 와중에 당시 케네디 대통령이 다른 사람의 눈을 피해 백악관 뒷문으로 나와 감상할 정도의 화제가 된 영화로도 유명했고, 미국 사회의 케네디 정책의 유불리를 떠나

균형 감각을 엿보게 한다.

인간의 존엄성과 자유와 해방을 주제로 한 이 영화를 먼저 본 지인이 심각한 표정을 지으며 영화를 보고 세 번 울었다고 하여 왜 눈물을 흘렸는지 궁금해서 나도 보았다. 예상은 들어맞았다. 이는 거대한 정치 드라마요 휴먼 드라마였다.

자유와 평등을 누리고 살 수 있는 인간의 권리 앞에 그를 거부하는 권력이 존재한다. 그러나 영화의 흐름과 내용이 인간의 보편적 주제를 담고 있고 충분히 설득력이 있다. 비록 기원전 얘기지만 인간의 욕망에 폭력이 수반되는 건 오늘날과 차이가 없다. 그러한 사실에 오늘의 권력은 답을 내놓아야 하는 질문을 던지는 영화다.

만인은 법 앞에서 평등해야겠지만 법 이전의 세상 앞에 평등해야 한다는 메시지가 깔려 있다. 이 영화를 보면서 우리의 동학혁명이 떠올랐고, 우리의 영화 기술로는 왜 이런 멋진 영화를 만들지 못할까 하는 의문이 들었다.

_ 시나리오 작가 임하

젊은 시절 연기자 수업 시간이었다. 강의실 문을 열고 들어온 분은 눈이 부시도록 멋진 분이었다. 굵은 테에 옅은 색 안경을 쓴 키가 크고 코도 오똑하고 눈이 부리부리한 시나리오 작가 임하라는 분이었다. 그는 당시 신성일의 전성기 때 영화 〈학사주점〉과 〈성난 능금〉의 작가이기도 하고, 같이 영화에 출연한 배우이기도 하다.

임하란 분은 당대 멜로 영화의 주인공이 될 정도의 매력이 있었다. 그러나 스스로 재능이 없음을 인정하고 그 많은 제의를 거절했다고 한다. 남자가 남자에게 반할 정도의 미남이라면 짐작이 갈 것이다.

시간이 지나면서 나의 호기심이 그분에게 전달되었는지 어느 날 충무로 대원호텔 커피숍에서 만나자고 했다. 왜 만나자고 할까? 혹시 자신이 쓴 영화에 출연하자고 하는 걸까?

그러나 만남의 목적은 자신의 작품에 대해 객관적으로 듣고 싶어서였다. 선생은 차분하게 자기 시나리오에 대해 얘기했다. 그러면서 장면들을 실감나게 표현했고, 나는 이내 끌려 들어갔다.

사실 그 무렵 나는 영화에 점점 흥미를 잃어 가고 있었다. 지적이고 문학적인 영화가 퇴보하고 있는 듯해 실망이 컸기 때문이다. 임하 선생이 늘 나에게 곁들이는 말은, 현실은 냉혹하고 교과서 같지 않다는 것이었다.

"〈성난 능금〉 봤어요?"

"예, 봤어요."

"어때요? 신성일이가 그 작품을 제일 좋아해요."

작품은 거대한 과수원이 배경이고, 아버지에게 반항하는 아들, 즉 사생아 역이었는데, 신성일은 실제 같은 착각이 들 정도로 리얼리티가 살아 있는 역을 훌륭히 해냈다. 원두막에서 트럼펫을 불며 외로움을 털어내는 반항아 신성일은 어디에서도 느껴보지 못한 멋진 모습이었다.

그 후 충무로에서 임하 선생과 자주 만났다. 그는 아늑한 찻집에서 자기 작품에 대해 얘기하기를 즐겼다. 〈종점〉, 〈들개〉, 〈눈이 큰 여자〉 등 작가의 스토리텔링이 흥미로웠다.

어느 날 내가 무심코 옛 영화 〈슬픔은 강물처럼〉 얘기를 꺼냈다. 그러자 그가 내 입을 막았다. 그리고 마치 비밀을 말하듯 "그 작품 주인공이 나예요, 보헤미안." 그렇다면 베레모를 쓰고 음악 찻집에 나타나는 최무룡이 맡은 역? 다음 얘기가 흥미로 웠다.

"작가 최희숙 알아요?"

"여자 주인공이 바로 그분이군요?"

"최희숙이 나와 자신을 모델로 쓴 작품이에요."

그리고 임하 선생은 당시 이화여대를 졸업한 최희숙 작가와의 로맨스에 대해 변명을 늘어놓았다. 하지만 실제 영화의 주인공은 당대 인기 절정의 최무룡과 김지미였다.

임하 선생은 자기가 어디에 사는지도 전화번호도 알려 주지 않았다. 철저히 비밀의 주인공이었다. 그러던 어느 날 삐삐 문자를 보고 전화가 왔다. 그리고 힘없이 한마디했다.

"나 아파! 또 연락할게."

이 한마디를 남기고 얼마 후 세상을 떠난 듯하다. 그리고 나와는 마지막이 되었다.

_ 영화 테마 음악

〈바람과 함께 사라지다〉의 테마 음악이 들려오면서 영화평론가 정영일의 영화 얘기가 시작된다. 그의 전문 해설과 논평은 라디오 청취자들을 상상 속 미지의 세계로 안내한다. 나는 영화 테마 음악을 들으며 거울 앞에 서서 배우의 표정을 따라하며 행복해하곤 했다.

르네 클레망 감독의 〈금지된 장난〉 테마 음악이 귀에 익숙하다. 영화는 비극적이지만 순박한 어린아이 눈에 비친 전쟁의 참화 속에 핀 아름다운 얘기와 음악 선율이 마음을 설레게 한다.

같은 시기에 조지 스티븐스 감독과 앨런 래드 주연의 〈셰인〉 서부극이 있었다. 영화의 시작과 함께 서정적인 풍경 속으로 음악이 흐른다. 그때 홀로 나타나는 사나이 앨런 래드는 세월이 흘러도 향수를 불러일으키는 배우다.

존 웨인의 〈역마차〉가 먼지를 날리며 달릴 때 나오는 경쾌한 음악도 멋지다. 정통 서부극 게리 쿠퍼의 〈하이 눈〉의 배경음악과 〈황야의 무법자〉에서 엔니오 모리꼬네의 음악은 간담이 서늘하고 선율은 너무나 신비롭다.

어느 날 영화 〈태양은 가득히〉를 보러 허리우드극장에 갔다. 알랭 들롱의 음울한 표정은 무언가 쫓기듯 불안했고, 푸른 바다 위에 내리쬐는 뜨거운 태양빛을 통해 남심의 짙은 살의의 복선이 깔려 있었다. 영화가 끝날 무렵 "완전범죄는 없다"는 메시지에 돌아오는 발걸음이 무거웠다.

영화 음악에 푹 빠져 영화를 보고 극장을 나와 빠른 걸음으로 알랭 들롱을 상상하며 걸었다. 겨울 바람이 싸늘하던 그 밤, 나는 마냥 행복한 꿈속을 헤맸다. "영화에 미치는 시간은 낭비인가, 그것이 인생인가" 하면서.

영화 음악은 연심을 사로잡는다. 조지 차키리스, 클라우디아 카르디날레 주연의 〈부베의 연인〉은 단조롭고 애상적인 선율이 감성을 자극한다. 흑백 영화 속 검은 의상의 남자와 깊은 눈을 가진 여인은 이 영화의 매력이다.

나의 고단한 청춘 시절, 영화와 음악은 마음을 풍요롭게 해 주었다. 그리고 영화 전성기에 살게 해 준 것에 감사한다.

어느 날 명동 거리를 걷다 '부베다방'이란 간판을 보고 무작정 들어가 〈부베의 연인〉 음악을 주문해 듣고 나온 일이 있다. 또 〈남태평양〉 영화 속에 펼쳐지는 바다와 그 속에 너울너울

춤추는 낭만과 울려 퍼지는 노래도 얼마나 격조 있었던가.

그 후 〈사운드 오브 뮤직〉 영화 음악은 팬들을 사로잡기에 충분했다. 영화는 알프스로 안내해 주었고, 어린 동심들의 '에델바이스' 노래는 자연과 인간이 아름다운 조화를 이루어 낸 선물이었다.

뮤지컬의 진수는 그전의 〈황태자의 첫사랑〉과 마리오 란자의 〈물망초〉가 떠오른다.

우리 영화에도 서정적인 음악이 영화 속에 잘 녹아 있다. 영화 〈동심초〉의 주제가와 김동진 작곡으로 직접 부른 '저 구름 흘러가는 곳'은 홍성기 감독의 〈길은 멀어도〉에 삽입되어 있다. 해외 최초 로케이션 영화로 낭만적 분위기가 젊은 팬들을 무척 설레게 했다.

또한 아스라이 떠오르는 최훈 감독의 〈장마루촌의 이발사〉는 박재란이 부른 서정적인 선율과 영화가 지닌 애처로운 사랑 얘기를 잔잔하게 그린 명작이다. 그 후 주제가로 영화를 빛낸 〈꿈은 사라지고〉, 〈나는 가야지〉, 〈카츄샤〉, 〈외나무다리〉는 최무룡과 문정숙의 노래하는 배우의 전성기를 이끌었다. 그리고 영화 음악 최초로 발표된 현인과 안다성의 〈청실홍실〉, 〈꿈이여 다시 한번〉이 새 시대 영화의 흐름을 주도했다.

특별히 노필 감독은 음악을 주제로 한 영화를 많이 선보였다. 〈검은 상처의 블루스〉, 〈심야의 블루스〉, 〈밤하늘의 블루스〉를 영화화했다. 그리고 이만희 감독의 〈만추〉 영화 음악은 영화의 격을 높여 주었다. 어느 외국 영화에서나 들을 수 있는 쓸쓸하고 짙은 가을을 떠오르게 하는 선율이 영화 전편에 흐르며 짙은 고독을 연상케 했다. 80년대 와서 안성기, 이미숙 주연의 〈고래사냥〉에 삽입된 박력 있는 김수철의 노래도 생각난다.

_ 영화로 본 약속

사랑을 시작할 때는 서로 약속을 한다. 그런 약속은 서약이라는 형식보다 마음이 엮이는 믿음이 더욱 중요하다는 생각이다. 약속엔 믿음이 있어야 한다.

이탈리아 영화 〈부베의 연인〉의 음악을 들으면 이내 눈물이 고이고 고독을 느끼게 된다. 멜로디는 영화의 이미지다. 영화 내용은 감옥에 간 애인(조지 차키리스)은 14년형을 살고 있고, 그를 기다리는 연인(클라우디아 카르디날레)은 그와의 약속을 지키기 위해 7년 동안 2주에 한 번 면회를 간다. 그리고 7년 후의 계획을 세우는 사랑의 약속을 그리고 있다.

영화는 그러한 약속을 흔드는 또 한 사람, 그 여인을 사랑하는 남성이 나타난다. 약속은 지키기 어렵다는 것을 말하고 있다. 그러나 처음 사랑의 약속이 정직했듯이 흔들리지 않는다. 약속의 정직성은 여운을 남긴다.

이서림 작, 최훈 감독의 〈장마루촌의 이발사〉도 사랑의 약속을 아름답게 그린 영화다. 전쟁으로 성불구자(최무룡)가 된 남자는 이루어질 수 없는 연인(조미령)과의 사랑을 깨기 위해 또 하나의 사랑을 말한다. 마음이 변한 듯 연인을 냉정하게 뿌리치고 그 아픔을 처음 만나 약속했던 '사랑바위' 앞에서 눈물로 고백한다. 박재란의 서정이 깃든 노래 속에 영화는 순애보적 사랑 이야기를 그렸다.

영원한 사랑의 테마 〈로미오와 줄리엣〉은 진정한 사랑을 죽음으로 증명해 보였다.

사랑은 이렇게 아름답지만 이를 지키는 신앙은 메말라 가고 있는지도 모르겠다. 정직하고 확신에 찬 사랑은 거짓과 위선적인 사랑으로 변하고 있다.

사실 고전 영화엔 최소한 인간이 가야 할 기준을 설정하고 암시한다. 그 점에 감동이 있고 눈물이 있고 후회와 뉘우침이 있다. '약속'이란 음악이 들려온다. "그 언젠가 다정했던 너와 나의 약속 약속 약속 너와 나의 약속…."

_ 어느 날 만난 배우 최무룡

최무룡 선생이 영화배우로서 활짝 핀 시기는 1950년대 중반부터다. 허리우드 영화가 전쟁 후 가난하고 비탄에 젖은 세상에 의지할 곳 없던 대중에게 어떤 환상을 안겨 주던 그 시기에 우리 영화도 작가주의 영화가 대중의 사랑을 받기 시작했다. 그리고 무성 영화를 거쳐 기술이 발전하고 연극으로 잔뼈가 굵은 배우들과 의식 있는 감독들이 만나 좋은 영화를 만들기 위해 심혈을 기울였다. 이때 나타난 배우가 최무룡 선생이다.

선생의 초기 작품들은 많이 소개되었지만 내가 본 영화 중 하유상 각색, 노필 감독의 〈심야의 고백〉에서 깊은 인상을 받았다. 당시 흑백 영화는 순수하고 사실적인 정감을 느끼게 했다.

배경은 한강로의 음습한 골목. 그 골목엔 전당포가 있고 가난에 쪼들리는 사람들을 낚는 전당포 할매가 도수 높은 안경 너머로 빼꼼 얼굴을 드러낸다. 살길이 막막한 젊은이는 말한다.

"인간의 탈을 쓴 버러지라고…."

반항하는 이지적 학생 신분의 젊은이는 살인자로 의심받고 경찰서에 끌려와 논쟁을 벌인다. 지적이고 논리정연한 최무룡의 섬세한 연기가 멋지게 다가왔다. 반항아 최무룡은 라스콜리니코프 역이었다. 솔직히 《죄와 벌》이라는 문학작품을 몰랐던 나는 작품에서 풍기는 문학적 소재와 최무룡 선생의 연기에 빠져들었다.

그 후 그분이 출연한 작품을 많이 보았다. 그 시대의 판타지한 배우였다. 작품을 다 열거할 순 없지만, 김영환 감독의 〈이별의 종착역〉은 손시향의 노래로도 유명한 작품인데, 사랑했던 여인(조미령)이 남자가 전쟁에 나가 죽은 줄 알고 남자의 군 선배(이민)와 결혼을 한다. 그것도 모른 채 살아 돌아온 남자가 선배의 신혼집에 들렀을 때 사랑하는 애인이 남의 부인이 되어 있는 것을 알게 된다. 살아서 나타난 남자를 보고 놀라는 여인, 그 순간 비가 내리는 창밖을 보며 최무룡의 허허로운 연기는 절절이 뿜어져 나온다.

어느 날 광화문에 있는 다방에서 그렇게 빛나던 배우 최무룡 선생이 초라하게 앉아 계신 것을 보았다. 마치 영화의 한 장면 같았다. 선생의 연세가 칠십쯤 되었을 때다. 나도 모르게 일어나 선생 앞으로 다가갔다. 수십 년 스크린에서만 뵙고 동경하던 최무룡 선생.

조심스럽게 말문을 열었다. 선생님의 작품을 보고 자란 연극배우 아무개라고 인사를 하고 흘러간 영화 얘기를 늘어놓았다. 그러자 선생은 눈을 지그시 감고 지나온 세월에 취한 듯, 아니면 극장 안의 필름이 끊어진 듯한 어떤 운명을 느꼈는지 나직한 목소리로 "권 형제, 우리 한 많은 사람끼리 잘해 봅시다." 이렇게 말씀하신 일 년 후, 1999년 11월 세상을 떠나셨다.

_ 내가 만난 영화감독과 작품

영화를 사랑하고 꼭 꿈을 이루고 싶었던 스크린에서의 나의 모습은 초라하다. 마음 같아서는 주인공을 맡고 싶지만, 영화에 필요한 캐릭터가 있고 또 다른 역할이 있는 것이니 운명으로 받아들인다.

이재환 감독의 〈내 머리 속의 지우개〉에서 괴팍한 알츠하이머 의사 역이라든가, 강우석 감독의 〈공공의 적〉에서 맡았던 국과수 국장 역은 지금까지도 화제가 되는 캐릭터다.

연극에 열정을 쏟으며 조금씩 알려지기 시작할 즈음 강우석 감독을 만났다. 강 감독과는 젊은 시절 인연이 있기도 했지만, 영화계에 실력 있는 감독으로 발돋움할 무렵 우수 시나리오 당선 작 강재규의 〈누가 용의 발톱을 보았는가〉를 연출하면서 나를 부른 것이다.

50대 초반 영화에 데뷔한다는 것이 흥분도 됐지만, 젊은 시절다 지난 후의 출연에 크게 기대하지 않았다는 것이 솔직한 심정이다. 그러나 연기자의 한길을 걸어온 스스로를 위로하며 영화에서 만나게 될 배우 안성기, 독고영재, 김성령 등과의 인연 또한 반가웠다.

당시 이명세 감독의 〈나의 사랑 나의 신부〉는 최진실의 영화 데뷔작인데, 영화 오프닝에 나온 나의 짧은 연기를 관객들이 좋아하는 것을 보고 역시 연극을 했던 힘이구나 하는 자부심이 들었다. 그 후 단역 출연 제의가 몇 차례 있었으나 머뭇거리고 있던 차에 영화 붐이 일면서 임상수 감독을 만나게 되었다.

임상수 감독의 야심작 〈그때 그 사람들〉은 명필름 작품으로 감독이 고민 끝에 나를 찾았다고 한다. 임 감독은 나의 특유의 유머를 알아차린 듯 즐거워했다. 〈그때 그 사람들〉의 주요 배역 중 한 사람인 박정희 비서실장 김계원 역인데, 고급스런 코미디의 진수를 요구하고 있는 듯했다.

그리고 두 번째 작품 〈돈의 맛〉에서는 90세 재벌 회장 역을 맡았다. 물론 영화는 〈하녀〉 이후 칸에도 출품되었고, 윤여정씨 아버지로 나온 보람 있는 작품이 되었지만 구십 먹은 노인역을 한 후 배역이 뜸해, 그 역을 너무 리얼하게 한 게 아닌가하는 생각이 들었다.

세계적인 봉준호 감독을 알게 된 것은 그의 대표작 〈살인의 추억〉에서다. 정말 한 신짜리 시골의사 역이었다. 당시 나는 연극을 하고 있었고 새벽 5시까지 전라도 무안에서 찍어야 했기 때문에 고민이 됐다. 그러나 봉 감독과 돈독해진 계기가 되었고 〈살인의 추억〉이 성공한 것에 한몫을 했다. 그 후 봉 감독과는 작품마다 게스트로 출연하는 계기가 되었다. 그는 젊고 유능하니 언젠가는 큰 배역으로 다시 만날 것을 기대하고 있다.

배우 권병길, 빛을 따라간 소년

펴낸날	초판 1쇄 2022년 1월 15일
	초판 2쇄 2022년 2월 10일

지은이	권병길
펴낸이	서용순
펴낸곳	이지출판

출판등록	1997년 9월 10일
등록번호	제300-2005-156호
주소	03131 서울시 종로구 율곡로6길 36 월드오피스텔 903호
대표전화	02-743-7661 팩스 02-743-7621
이메일	easy7661@naver.com
디자인	김민정
인쇄	(주)지오피앤피

값 15,000원

ISBN 979-11-5555-172-1 03810

배우 권병길

*빛을 따라간 소년